Bianca

EN BRAZOS DEL DUQUE
Caitlin Crews

Editado por Harlequin Ibérica.
Una división de HarperCollins Ibérica, S.A.
Núñez de Balboa, 56
28001 Madrid

© 2017 Caitlin Crews
© 2019 Harlequin Ibérica, una división de HarperCollins Ibérica, S.A.
En brazos del duque, n.º 2684 - 6.3.19
Título original: Undone by the Billionaire Duke
Publicada originalmente por Harlequin Enterprises, Ltd.

I.S.B.N.: 978-84-1307-369-9
Depósito legal: M-1140-2019
Impresión en CPI (Barcelona)
Fecha impresion para Argentina: 2.9.19
Distribuidor exclusivo para España: LOGISTA
Distribuidor para México: Distibuidora Intermex, S.A. de C.V.
Distribuidores para Argentina: Interior, DGP, S.A. Alvarado 2118.
Cap. Fed./Buenos Aires y Gran Buenos Aires, VACCARO HNOS.

Capítulo 1

ELEANOR Andrews estaba segura de que podría manejar a Hugo Grovesmoor, aunque nadie hubiera conseguido manejarlo jamás. Según decía la prensa a diario, el décimo segundo Duque de Grovesmoor no solo era conocido por ser un hombre terrible, en todos los aspectos, sino que era imposible. Demasiado rico. Demasiado engreído. Y peor aún, tan tremendamente atractivo que parecía haber nacido ya mimado y que hubiera empeorado desde entonces.

Y Eleanor estaba poniéndose directamente en sus garras.

–No seas tan dramática –le había dicho Vivi, su hermana pequeña, después de que Eleanor expresara una pizca de preocupación sobre su nuevo papel de institutriz de la pobre criatura de siete años que estaba bajo el cuidado de Hugo.

Aunque, de vez en cuando, Vivi era una persona complicada, Eleanor no podía evitar quererla. Desesperadamente. Vivi era todo lo que le quedaba después de que sus padres fallecieran en un trágico accidente de coche que estuvo a punto de cobrarse también la vida de Vivi. Eleanor nunca olvidaría que había estado a punto de perderla a ella también.

–No creo que esté siendo dramática –contestó Eleanor.

Vivi estaba mirando a Eleanor a través del espejo del llamado «dormitorio» del pequeño apartamento de una habitación que compartían en el barrio menos acomodado de Londres. Vivi se estaba poniendo la tercera capa de rímel para resaltar aquellos ojos que uno de sus novios había descrito como cálidos y brillantes como el oro. Eleanor se lo había oído gritar, estando borracho, bajo la ventana de la casa de los primos con los que se habían ido a vivir después del accidente en el que fallecieron sus padres.

Vivi guardó el rímel y la miró:

–De hecho, no vas a ver a Hugo. Vas a ser la institutriz de la criatura que tiene a cargo y al que, seamos sinceras, no creo que le tenga mucho cariño teniendo en cuenta lo enrevesada que es la historia. ¿Por qué os iba a dedicar a cualquiera de vosotros parte de su día?

Gesticulando con la mano resumió los detalles escabrosos que todo el mundo conocía acerca de Hugo Grovesmoor, gracias a la fascinación que la prensa amarilla siempre había mostrado por él.

Eleanor conocía muy bien los detalles. Su inconstante y dramática relación con Isobel Vanderhaven, de la que todo el mundo pensaba que Hugo estropearía con su fama de malvado y que ni siquiera la bondad innata de Isobel podría curar. La manera en que Isobel lo había abandonado al quedarse embarazada de Torquil, el mejor amigo de Hugo, ya que como todo el mundo decía, el amor había triunfado sobre la maldad e Isobel merecía algo mejor. Y el hecho de que, tras la boda, Isobel y el mejor amigo de Hugo tuvieran un accidente de barco y Hugo terminara siendo nombrado el tutor legal del pequeño, cuya existencia había estropeado su oportunidad de mantener una relación con Isobel.

Entre tanto, los ciudadanos aplaudían y lloraban, como si conocieran a todas aquellas personas personalmente y su respectivo sufrimiento.

–Un hombre tan rico como Hugo tiene tantas propiedades que no tiene tiempo de visitar ni la mitad de ellas en el plazo de un año. O en cinco años –dijo Vivi con indiferencia, y Eleanor recordó que Vivi era la que había pasado tiempo con gente del estilo de Hugo Grovesmoor.

Había sido ella la que había asistido a colegios de gente bien y, aunque no había destacado académicamente, había tenido una gran vida social en Londres. Todo ello estaba al servicio del matrimonio triunfal que ambas sabían que Vivi tendría algún día.

Vivi era diecinueve meses más joven que Eleanor y la guapa de las hermanas. Tenía un cuerpo, una mirada y una boca que dejaba a los hombres boquiabiertos cuando la miraban. Literalmente. Su melena rizada y alborotada hacía que pareciera que acabara de salir de la cama de alguien. Su pícara sonrisa insinuaba que estaba dispuesta a correr cualquier aventura y sugería que, si un hombre hacía bien su jugada, podría acostarse con ella.

¡Y pensar que, después del accidente, los médicos habían dudado de que pudiera volver a caminar!

Vivi se había demostrado a sí misma que era como una tentación para ciertos hombres. Normalmente para aquellos con muchas propiedades y mucho dinero, aunque, hasta el momento, no había conseguido escapar de la etiqueta de «posible amante».

Por otro lado, Eleanor había ido a muy pocas fiestas, puesto que trabajaba y, a veces, cuando la situación era difícil, tenía más de un empleo. Mientras que Vivi era la guapa, Eleanor era la sensata Y aunque en ocasiones había deseado ser tan guapa y encantadora como su hermana, a los veintisiete años había encontrado su lugar en la vida y se sentía tranquila. Habían perdido a sus padres y Eleanor no podía recuperarlos. Tampoco podía cambiar los años que Vivi había pasado entre los quirófanos de los hospitales, pero sí podía ejercer parte del papel de una madre con Vivi. Intentar tener buenos trabajos y pagar los gastos de sus vidas.

Bueno, los gastos de Vivi, ya que Eleanor no necesitaba ponerse esa ropa tan cara que Vivi utilizaba para mezclarse con sus amistades de clase alta. Vestir bien costaba mucho dinero. Y Eleanor siempre había conseguido ganarlo de una manera u otra.

El último empleo que había conseguido, trabajando como institutriz para el hombre más odiado de Inglaterra, era el más lucrativo de todos. Por ese motivo, Eleanor había dejado su puesto de recepcionista en una importante empresa de arquitectura.

Puesto que se rodeaba de gente de clase alta, Vivi se había enterado de que el duque necesitaba una institutriz y de lo que pensaba pagar a la persona que ocupara el puesto era mucho más de lo que Eleanor había cobrado nunca.

—Se rumorea que el duque ha rechazado a todas las institutrices que ha entrevistado. Al parecer, el mayor motivo para ello ha sido el riesgo de que se convirtieran en una distracción para él y... —le había comentado Vivi, encogiéndose de hombros—. ¡A lo mejor tú eres perfecta para el puesto!

La agencia que le había hecho la entrevista la había aceptado, así que Eleanor estaba preparando la maleta para su viaje hasta los páramos de Yorkshire.

—El cargo de institutriz está entre los puestos bajos de los empleados del hogar, Eleanor —le decía Vivi—. Es muy difícil que te encuentres con Hugo Grovesmoor allí.

A Eleanor, eso le parecía bien. Era inmune al poder de la fama y a la sensación de prepotencia que iba asociada con ella. Al menos, eso era lo que se repetía a la mañana siguiente durante el trayecto en tren hasta Yorkshire.

No había ido al norte de Inglaterra desde que era una niña y sus padres todavía vivían. Eleanor recordaba vagamente pasear junto a las murallas que rodeaban la ciudad de York, sin ser consciente de lo pronto que cambiaría todo.

«No tiene sentido ponerse sentimental», se regañó mientras esperaba al tren de cercanías que la llevaría a las afueras, expuesta al frío del mes de octubre en la estación de York. La vida continuaba avanzando con despreocupación.

Sin importar todo aquello que las personas perdían durante el camino.

Eleanor esperaba que alguien la recogiera al llegar a la pequeña estación de tren de Grovesmoor Village, sin embargo, la plataforma estaba vacía. No había nadie más aparte de ella, el viento de octubre y los restos de la niebla matinal. No era un comienzo muy alentador.

Eleanor miró la maleta que se había preparado para pasar las seis primeras semanas en Groves House, después miró el mapa en su teléfono móvil y descubrió que tenía unos veinte o treinta minutos caminando hasta la única casa señorial de la zona: Groves House.

–Será mejor que empiece a caminar –murmuró.

Se colgó la mochila de mano al hombro, agarró el asa de la maleta con ruedas y comenzó a andar. Cinco minutos después, se percató de que avanzaba en dirección contraria y que se había equivocado.

Una vez en la dirección correcta, Eleanor avanzó por la carretera solitaria que se adentraba cada vez más entre la niebla, concentrándose únicamente en su respiración. Después de vivir rodeada de la actividad de una ciudad como Londres, había olvidado lo que era la tranquilidad del campo, sobre todo en una zona rodeada de colinas.

Encontró el desvío hacia Groves House entre dos mojones de piedra y se metió por el camino. El recorrido era sinuoso y, cuando por fin vio la casa,

Eleanor había perdido la noción de la distancia que había recorrido.

Nada podría haberla preparado.

La casa se encontraba en un alto y era una muestra de prepotencia. Sin embargo, ninguna de las fotos que ella había visto le había hecho justicia. Había algo en ella que provocó que a Eleanor se le formara un nudo en la garganta. Por algún motivo, la manera en que las luces del interior contrastaban con la del atardecer hizo que ella no pudiera mirar hacia otro lado.

No era una casa acogedora. De hecho, no era una casa. Era demasiado grande y claramente intimidante, sin embargo, a Eleanor solo se le ocurría una palabra para describirla: *perfecta*.

Algo resonó en su interior, y cuando comenzó a caminar de nuevo se dio cuenta de que respiraba con agitación.

Fue entonces cuando oyó el ruido de unos cascos acercándose a ella.

Como el destino.

Su excelencia el Duque de Grovesmoor, Hugo para los pocos amigos que le quedaban y para la prensa, tenía pocas cosas claras esos días. La bebida había provocado que le doliera la cabeza. Los deportes extremos habían perdido su atractivo puesto que sabía que, tras numerosos siglos, su muerte significaría el fin de la línea de sucesión de la familia Grovesmoor y dejaría el ducado en manos de unos primos lejanos que salivaban pensando en las propiedades y en la renta que les proporcionaría.

Incluso el sexo indiscriminado había perdido su encanto después de que cada una de sus «indiscreciones» se publicara en prensa. O bien se hartaba hasta la saciedad para esconderse de sus peores remordimientos, o era tan frívolo que no era capaz de tener más de uno o dos encuentros sexuales. Siempre eran las mismas historias e igual de aburridas.

Odiaba admitirlo, pero era posible que la prensa amarilla hubiera ganado.

El caballo que montaba ese día, el orgullo de sus establos según le habían comentado, sentía tan poca conexión con él que había empezado a cabalgar por el campo tan deprisa como si ambos hubieran escapado de una sangrienta novela del siglo XVIII.

A Hugo solo le faltaba la capa.

Daba igual la distancia que cabalgara, no podía escapar de sí mismo. Ni de su cabeza y sus remordimientos.

Era evidente que el caballo lo percibía. Llevaban semanas jugando a un juego de dominación, recorriendo toda la finca al galope.

Al ver una figura caminando entre las sombras hacia Groves House, lo único que pudo pensar fue que era algo diferente en medio de una tarde otoñal.

Hugo estaba desesperado por cualquier cosa que fuera diferente.

Un pasado diferente. Una reputación diferente... porque ¿quién podía haber anticipado a dónde lo llevaría el hecho de menospreciar todas las noticias que la prensa amarilla había publicado sobre él?

Deseaba ser una persona diferente, pero eso nunca había sido posible.

Hugo era el decimosegundo Duque de Grovesmoor le gustara o no, y el título era lo más importante sobre su persona, lo único importante que su padre había tratado de inculcarle. A menos que arruinara sus fincas y se deshiciera del título al mismo tiempo, o muriera mientras realizaba alguna actividad irresponsable, Hugo siempre sería otro apunte más en la interminable lista de duques que portaban el mismo título y una gota de la misma sangre. Su padre siempre había dicho que esa noción le había proporcionado tranquilidad. Paz.

Hugo no estaba familiarizado con ninguna de esas sensaciones.

—Si eres un cazador furtivo, lo estás haciendo muy mal —dijo Hugo cuando se acercó al extraño que se había metido en su propiedad—. Al menos deberías intentar escapar en lugar de seguir caminando.

Avanzó con el caballo y se colocó delante del extraño. Entonces, se dio cuenta de que era una mujer.

Y no cualquier mujer.

Hugo era famoso por sus mujeres. Por la maldita Isobel, por supuesto, pero por todas las demás también. Antes y después de Isobel. Aunque todas habían tenido las mismas cosas en común: todo el mundo las consideraba bellas y ella siempre quería fotografiarse a su lado. Eso significaba pechos falsos, dientes blanqueados, extensiones en el cabello, uñas impecables, pestañas postizas y todo lo demás. Habían pasado muchos años desde la última vez que había visto una mujer de verdad, a menos que fuera una mujer que trabajara para él. Por ejemplo, la señora Redding, su malhumorada ama de llaves, a la que mantenía porque siempre se disgustaba tanto como se había disgustado su padre cuando él aparecía en los periódicos. Y a Hugo le parecía una sensación agradable.

La mujer que lo observaba en aquellos momentos no era nada bella.

O si lo era, había hecho todo lo posible para disimularlo. Llevaba el cabello recogido en un moño que, solo con mirarlo, provocaba que Hugo le doliera la cabeza. Vestía una chaqueta amplia que le cubría desde la barbilla hasta la pantorrilla y que la hacía parecer el doble de grande de lo que era. Además, llevaba una mochila grande en el hombro y arrastraba una maleta con ruedas. Tenía las mejillas sonrosadas por el frío y una nariz delicada que habrían envidiado muchos de sus antepasados, teniendo en cuenta que habían sido maldecidos con lo que se conocía como la narizota de los Grovesmoor.

No obstante, lo que más llamó la atención de Hugo fue la expresión de su rostro. Sin duda, tenía el ceño fruncido.

Y eso era imposible porque él era Hugo Grovesmoor y las mujeres que solían entrar en su propiedad sin invitación, consideraban tan atractiva la idea de conocerlo que no dejaban de sonreír. Nunca.

Aquella mujer parecía que se iba a partir en dos si intentaba poner la más mínima sonrisa.

–No soy una furtiva, soy una institutriz –dijo con frialdad–. Nadie me ha recogido en la estación, de lo contrario, le aseguro que no estaría caminando y menos todo este trayecto. Cuesta arriba.

Hugo se percató de que estaba molesta. Nadie se mostraba molesto con él. Quizá lo odiaban y lo llamaban Satán u otras cosas horribles, pero nunca se mostraban molestos.

–Teniendo en cuenta que se ha ocultado en mi propiedad, creo que debería haberme presentado –dijo él, mientras el caballo se movía con nerviosismo de un lado a otro. La mujer no parecía ser consciente del peligro que corría. O no le importaba.

–Caminar hacia la entrada principal no es ocultarse –contestó ella.

–Soy Hugo Grovesmoor –dijo él–. No hace falta que haga una reverencia. Después de todo, se me conoce por ser un terrible malvado.

–No tenía intención de hacer una reverencia.

–Por supuesto, prefiero considerarme un antihéroe. Seguro que eso merece una reverencia. ¿O al menos cierto reconocimiento?

–Me llamo Eleanor Andrews y soy la institutriz contratada más recientemente, según dicen, de una larga lista –comentó la mujer–. Tengo intención de ser la definitiva y, si no me equivoco, la manera de conseguir que eso suceda es manteniendo la distancia.

–Su Excelencia –murmuró él.

–¿Disculpe?

–Debería llamarme *Su Excelencia*, especialmente cuando cree que me está reprendiendo. Eso añade ese pequeño toque irreverente que me encanta.

Eleanor no se mostró afectada por el hecho de haberse dirigido de manera inapropiada a su nuevo jefe.

–Le pido disculpas, Su Excelencia –dijo ella, como si no estuviera nada intimidada por él–. Esperaba que alguien me trajera desde la estación. No tener que darme un paseo helador por el campo.

–Dicen que el ejercicio mejora la mente y el cuerpo –contestó él–. Yo tengo un metabolismo alto y una gran inteligencia, así que, no he tenido que ponerlo a prueba, pero no todos tienen tanta suerte.

Había suficiente luz como para que Hugo se percatara de que Eleanor lo miraba con furia y de que sus ojos eran de color miel.

–¿Sugiere que no soy tan afortunada como usted? –preguntó ella conteniendo su furia, tal y como él esperaba.

–Depende de si cree que la vida de un duque consentido es una cuestión de suerte y de las circunstancias, en lugar del destino.

–¿Y usted qué cree?

Hugo estuvo a punto de sonreír. No sabía por qué. Tenía algo que ver con el brillo de su mirada.

–Le agradezco que piense en mi bienestar –añadió ella–, Su Excelencia.

–No era consciente de que la última institutriz se hubiera marchado, aunque he de decir que no me sorprende. Era una mujer delicada. Se decía que no paraba de llorar en el ala este. Soy alérgico a las lágrimas de mujer. He desarrollado un sexto sentido. Cuando una mujer llora cerca de mí, huyo al instante, y de forma automática, al otro lado del planeta.

Eleanor lo miró sin más.

—No soy una llorona.

Hugo esperó.

—Su Excelencia —añadió él, al ver que ella no tenía intención de decirlo—. No insistiría en dicha formalidad de no ser porque parece que le molesta. De veras, Eleanor, no pretenderá moldear la mente de una joven a su voluntad, convirtiéndola en carne de terapia, si ni siquiera puede recordar la necesidad de emplear una manera cortés de dirigirse a mí. Es como si nunca hubiera conocido a un duque.

Ella pestañeó.

—Nunca había conocido a uno.

—Yo no soy un buen representante. Soy demasiado escandaloso. Quizá lo haya oído alguna vez —se rio, al ver que ella trataba de mantenerse inexpresiva—. Veo que sí lo ha oído. Sin duda es una ávida lectora de prensa amarilla y de sus artículos sobre mis múltiples pecados. Solo espero que en persona resulte la mitad de llamativo.

—Soy la señorita Andrews.

—¿Disculpe?

—Preferiría que me llamara señorita Andrews —inclinó ligeramente la cabeza—, Excelencia.

Hugo sintió que algo se movía en su interior. Algo peligroso.

Imposible.

–Permita que le aclare algo desde un principio, señorita Andrews –comentó él, mientras el caballo no paraba de moverse–. Soy igual de malo como me pintan. O peor. Soy capaz de arruinar una vida con solo mover un dedo. La suya. La de los niños. La de los peatones que caminan por la plaza del pueblo. Tengo tantas víctimas que el hecho de que el país siga en pie es cuestión de suerte. Soy mi propio enemigo. Si eso le supone algún problema, la señorita Redding se encargará de buscar una sustituta. Solo necesita decirlo.

–Ya le he dicho que no tengo intención de que me sustituyan. Y desde luego, no por voluntad propia. Si quiere sustituirme o no, dependerá de usted.

–Quizá lo haga –arqueó una ceja–. Detesto a las cazadoras furtivas.

Ella lo miró como si él estuviera a su cargo, y no al revés. Odiaba el hecho de que Isobel hubiera hecho lo que le había prometido que haría: mantener sus garras sobre él incluso desde la tumba.

–Debe hacer lo que le plazca, Excelencia, y algo me dice que lo hará...

–Es mi don. La expresión de mi mejor yo.

–Sin embargo, le sugiero que vea cómo me ocupo de la niña antes de que me envíe a hacer las maletas.

La niña. Su pupila.

Hugo odiaba tener que pensar en el bienestar de otra persona cuando él se ocupaba tan poco de su propio bienestar.

–Es una excelente idea –murmuró–. Me ocuparé

de que la esté esperando en el recibidor principal cuando entre en la casa. No tardará mucho. Le quedan unos cinco minutos a buen paso.

–Debe estar bromeando.

–Está bien. Diez minutos, puesto que supongo que tendrá las piernas más cortas que yo. Es difícil saber, puesto que parece que lleva un abrigo de plumas lo bastante grande como para dejar a toda la población de Reino Unido muerto de frío. Suponiendo que sea eso lo que la hace parecer tan... Hinchada.

–Su hospitalidad es realmente estimulante, Excelencia –dijo ella, al cabo de un momento.

El hecho de que fuera capaz de mantener la calma, lo molestaba.

No le gustaba.

Igual que no le gustaba no ser capaz de recordar cuándo había sido la última vez que alguien había conseguido inquietarlo de esa manera.

–Como siempre, esa es mi única meta –contestó.

Entonces, porque podía, y porque se había propuesto ser tan terrible como se esperaba que fuera, Hugo dio la vuelta y se marchó galopando. Dejando sola a la señorita Eleanor Andrews, buscando el camino hasta la casa.

Hasta su pupila.

Y hasta la vida que él nunca había deseado, pero había heredado. O que, como dirían otros, se había ganado y merecía.

Después de todo, era el destino y no la suerte.

Hugo sabía que no importaba. De cualquier manera, estaba atrapado.

Capítulo 2

QUINCE minutos más tarde, Eleanor se detuvo frente a la puerta de la casa.

Entonces, se preguntó por qué había aceptado ir allí. ¿Realmente era necesario que se aislara en aquella casa señorial?¿El dinero compensaba el hecho de tener que retirarse en Yorkshire con un hombre con el que pensaba que nunca se encontraría cara a cara, y al que no quería volver a ver?

¿Y por qué por una vez en la vida, Vivi no hacía algo por sí misma?

Esos pensamientos hacían que se sintiera mal. Era como si estuviera traicionando a Vivi después de que ella hubiera estado a punto de morir en un terrible accidente. Y hubiera luchado tanto por sobrevivir. Eleanor había sido la única que había salido indemne.

A veces se sentía culpable por ello, como si fuera su propia cicatriz.

—Deja de sentir lástima por ti misma —se amonestó—. Ya has aceptado el puesto.

Llamó a la imponente campana que estaba junto a la puerta. El sonido la trasladó a la época medieval, como si esperara que apareciera un príncipe azul.

Se estaba dejando llevar por su imaginación. Era eso lo que aquel hombre le había provocado con su sonrisa y su boca, cuando no era más que el mismo personaje sobre el que había leído durante años en los periódicos. O peor.

El hecho de que fuera mucho más atractivo que en las fotografías, tampoco ayudaba. Además, no parecía tan necio como ella había imaginado y se había mostrado bastante irónico.

No obstante, cuando se abrió la puerta, Eleanor no se encontró con un duque desagradable, sino a una niña pequeña de ojos azules y mirada suspicaz.

Una niña con el cabello pelirrojo y pecas en la nariz. Una niña que provocó que a Eleanor se le entrecortara la respiración, porque era imposible mirarla y no acordarse de su difunta madre, la famosa Isobel Vanderhaven. Isobel, aquella mujer de amplia sonrisa que parecía la mejor amiga de todo el mundo.

—No necesito una institutriz —anunció la pequeña en un tono retador.

—Por supuesto que no —convino Eleanor, y la niña pestañeó—. ¿Quién necesita una institutriz? Sin embargo, eres afortunada por tener una.

La niña la miró un instante, mientras el viento de octubre transportaba el olor a lluvia e invierno

—Soy Geraldine —frunció los labios—. Aunque seguro que ya lo sabes. Siempre lo saben.

—Por supuesto que sé cómo te llamas —dijo Eleanor—. No podría aceptar un trabajo si no supiera el nombre de la persona que voy a tener a mi cargo, ¿no crees?

Eleanor sabía que, si no hacía algo al respecto, aquella niña permanecería en la puerta sin moverse. Entonces, empujó la puerta con la mano que tenía libre y entró en la casa mientras Geraldine la miraba con una mezcla de sorpresa e interés.

—Normalmente se quedan en la entrada, escribiendo mensajes y lamentándose.

—¿Quiénes se quedan ahí? —Eleanor cerró la puerta y se volvió para mirar el recibidor. Se alegró de que la niña no le estuviera prestando mucha atención, porque estaba dentro de un verdadero castillo.

O casi. Groves House tenía un aspecto lúgubre desde fuera, pero su interior resplandecía. Eleanor no estaba muy segura de cuál era el motivo. ¿Las paredes serían de oro? ¿O era la manera en que las lámparas iluminaban los muebles y los cuadros?

—Todo el mundo conoce mi nombre —dijo Geraldine—. A veces me llaman a gritos en el pueblo. Eres la décimo quinta institutriz que he tenido hasta el momento, ¿lo sabías?

—No.

—La señora Redding dice que soy desobediente.

—¿Y tú qué crees? —preguntó Eleanor—, ¿Lo eres?

Geraldine se quedó un poco sorprendida por la pregunta.

—Puede.

—Entonces, puedes dejar de serlo, si quieres —Eleanor miró a la niña y no vio nada de desobediencia en ella. Lo que veía era una niña que se sentía sola tras la pérdida de sus padres y a la que habían man-

dado a vivir con un extraño. Ella se sentía identifi-
cada. Inclinó el rostro para acercarse a ella y le susurró lo que nadie le había dicho a ella cuando se
quedó huérfana y preocupada por si Vivi sobreviviría a la siguiente operación.

—Da igual si te portas bien o mal. Desde ahora
mismo sé que seremos buenas amigas para siempre.
Después de todo, cuando las cosas se complican,
una amiga no cambia de opinión sobre otra amiga.

Geraldine pestañeó. Nada más. Era suficiente.
Eleanor comenzó a desabrocharse el abrigo.

—No es más desobediente que cualquier otro ser
humano de la misma edad —se oyó una voz masculina desde el otro lado del pasillo—. Tiene siete años.
No encasillemos a la niña tan deprisa ¿de acuerdo?

Eleanor deseó no haber reconocido aquella voz.
Tardó un instante en reconocer a Hugo entre el brillo
del recibidor, pero allí estaba, mirándola desde la
puerta de una de las habitaciones que daban al recibidor, como si no tuviera ni una sola preocupación en
el mundo.

Porque, por supuesto, no la tenía.

«No se parece en nada a un duque», pensó Eleanor. Se acercó a ella vestido con unos pantalones
vaqueros desgastados y las manos en los bolsillos.
Llevaba una camiseta rasgada por aquí y por allá,
como esas que Eleanor había visto en las tiendas
que le gustaban a Vivi. Era el tipo de prenda que en
otro hombre habría parecido un trapo viejo, pero
Hugo no había mentido al hablar de su metabolismo. O al menos, así era como Eleanor quería ver

al hombre atractivo que se acercaba a ella: en términos de su metabolismo.

El cuerpo de Hugo Grovesmoor era perfecto, como si fuera una de las estatuas de su recibidor. Tenía un torso ancho y una cintura estrecha. Los ojos de color ámbar, y el cabello oscuro y alborotado como si hubiese estado galopando en una alcoba en lugar de a caballo. Y esa manera de fruncir la boca que tenía, podía provocar un desastre.

Eleanor notaba que todo su cuerpo había reaccionado, incluso aquellos lugares que hacía tiempo había olvidado.

—La niña ya está encasillada —contestó ella sin pensar y mirando de nuevo a su alrededor—. Se lo garantizo.

Hugo se acercó a ella y se detuvo a poca distancia. Y allí permanecieron los tres, de pie frente a la gran puerta de entrada.

Era mucho peor tenerlo tan cerca. Eleanor empezó a ponerse nerviosa. Lo miró y notó que una ola de calor la invadía por dentro. Entonces, trató de convencerse de que era porque todavía llevaba el abrigo puesto. Se había sonrojado por culpa del abrigo tan cálido que llevaba. No tenía nada que ver con Hugo.

Él sonrió como si hubiese sido capaz de leerle la mente.

Entonces, miró a Geraldine.

—¿Y bien?

La niña se encogió de hombros.

—No tiene sentido que esta mujer se instale como las demás, si después vas a empezar a quejarte.

Eleanor pensó que el tono de voz de Hugo era diferente. No exactamente más dulce, pero sí más cuidadoso.

Estaba tan ocupada tratando de averiguar por qué le parecía diferente que apenas comprendió sus palabras.

—Disculpe. ¿Está hablando de mi empleo?

Hugo la miró y ella sintió el calor de su mirada en muchas zonas del cuerpo. Mucho más intensa.

—Estamos hablando de eso —arqueó una ceja—. Aparentemente, usted solo ha estado escuchando a escondidas.

Eleanor apretó los dientes.

—Habría escuchado a escondidas si estuviera oculta tras las flores, o tratando de pasar desapercibida entre la recargada decoración —forzó una sonrisa—. No estoy escuchando a escondidas, pero usted está comportándose de forma inapropiada.

—No es de buena educación acusar así a una personita inocente, ¿no cree? —preguntó Hugo, y Eleanor tuvo la sensación de que estaba bromeando.

Aunque, ¿por qué iba a bromear el Duque de Grovesmoor con alguien tan insignificante como ella, una institutriz que parecía que ya no quería contratar? Eleanor trató de no pensar en ello y concentrarse en la parte de aquella situación que podía controlar.

—Creo que los tres sabemos muy bien con quién estoy hablando —Eleanor miró a Geraldine y sonrió con sinceridad—. No me sentiré dolida si quieres que me vaya, Geraldine. Y no me importará si me

lo dices en persona, pero el duque está poniéndote
en una situación incómoda, y eso no es justo.

–La vida no es justa –murmuró Hugo.

Eleanor lo ignoró, deseando que le resultara más
fácil hacerlo.

–Está muy bien no saber lo que quieres –le dijo
a la niña–. Nos hemos conocido hace cinco minutos. Si necesitas más tiempo para tomar una decisión, está bien.

–Habla con tanta autoridad que parece que este-
mos en su casa y no en la mía –dijo Hugo.
Después, miró a su alrededor como si nunca se
hubiera fijado en el recibidor, a pesar de que Eleanor sabía que él había nacido en aquella casa. Al
parecer, al duque le gustaba hacer un poco de teatro.

–Pero no –continuó él, como si alguien se lo
hubiera discutido–, es el mismo recibidor que recuerdo desde mi infancia, cuando una institutriz
mucho más estricta que usted fracasó a la hora de
convertirme en un hombre decente. Los retratos de
mis antepasados en las paredes. Grovesmoors en
todas las direcciones. Eso sugiere que el que tiene
autoridad aquí soy yo, y no usted, ¿no cree?

–Es curioso –dijo Eleanor, mirándolo como si no
la hubiera intimidado–, la agencia tiene la sensación de que, en este caso, Geraldine es quien tiene
la autoridad.

–¿Usted cree? –preguntó Hugo y la miró fijamente.

–Me gusta –intervino Geraldine–. Quiero que se
quede.

El duque no apartó la mirada de Eleanor.

–Sus deseos son órdenes para mí, mi querida pupila –dijo él, con el mismo tono cuidadoso de antes.

Eleanor sintió que algo se removía en su interior. Era como si hubiera bebido demasiado. Sentía mucho calor. Tenía la sensación de que una mano invisible los sujetaba en el sitio, muy cerca uno del otro.

«Solo es el abrigo» pensó con desesperación, pero él estaba muy cerca. Era muy alto y se inclinaba hacia ella de la misma manera que se había inclinado desde el caballo. Solo era un hombre. No un animal peligroso.

Él se movió una pizca, sacó una mano del bolsillo y la levantó. Al momento, el recibidor se llenó de gente.

Geraldine se quedó al cuidado de dos niñeras. Alguien agarró las maletas de Eleanor, otra persona se llevó su abrigo, y una mujer mayor con el cabello recogido en un moño se acercó a ella con una tensa sonrisa.

–La señora Redding, supongo –comentó Eleanor cuando la mujer se acercó.

–Señorita Andrews –la mujer la saludó sin emoción en la voz–. Acompáñeme.

Mientras la seguía al interior de la casa, Eleanor se percató de que el duque no estaba por ningún sitio. Había desaparecido, y ella se sintió aliviada.

–Le pido disculpas por el hecho de que nadie fuera a recogerla a la estación –dijo el ama de llaves mientras avanzaban entre las habitaciones.

Eleanor se alegró de no tener que detenerse demasiado en ninguna de las habitaciones porque se habría quedado maravillada durante días.

–Ha sido un despiste.

Por algún motivo, Eleanor lo dudaba. O dudaba de que aquella mujer se despistara. Era su primer día y ya había hecho enfadar a su jefe, así que era mejor que no investigara más.

–He dado un paseo muy agradable –dijo ella–. Ha sido una buena oportunidad para conocer la zona. Y el clima.

–Tendrá que tener cuidado con el viento. Aparecen de la nada y soplan con fuerza. Ya descubrirá que acaba poniendo nervioso a cualquiera.

Eleanor pensaba que la señora Redding hablaba de algo más aparte del viento de Yorkshire.

–Me aseguraré de vestirme de manera apropiada para los elementos –dijo Eleanor.

La señora la guio por el pasillo y se detuvo al final.

–Estas son sus habitaciones –dijo la señora Redding–. Espero que sea suficiente. Me temo que es un poco menos espaciosa de lo que esperaban algunas de las institutrices anteriores.

Eleanor quería decirle a aquella mujer que esperaba una habitación del tamaño de un armario, o un camastro en el sótano. No obstante, no fue capaz de pronunciar palabra. Una vez más, estaba abrumada.

La señora Redding había dicho «habitaciones», y no se había equivocado.

El apartamento que compartía con Vivi cabía en una parte de la primera habitación. Y Eleanor tardó unos instantes en darse cuenta de que era su salón. La señora Redding continuó hasta otra habitación. Eleanor se percató de que era su vestidor.

El dormitorio estaba junto a un gran baño. En un lado había una gran cama con dosel y postes de madera tallada. También había una chimenea y varios lugares para sentarse, como si el salón no fuera suficiente.

Eleanor sonrió con calma y se dirigió a la señora Redding.

–Suficiente –murmuró, tratando de parecer moderna y profesional, y no como una niña emocionada ante una tienda de caramelos.

Después de que la señora se marchara, dejándole instrucciones acerca de dónde y cuándo tenía que dirigirse Eleanor para mostrarle sus tareas, ella se encontró de pie en medio de aquella habitación. Se sentía fuera de lugar, igual que se había sentido En el piso de abajo, donde la arrogancia del duque la había hecho olvidarse de sí misma y pensar en la soledad de Geraldine.

No obstante, en aquella lujosa habitación, no tenía nada a lo que enfrentarse. A nadie a quien defender. Solo un vacío alrededor.

Nada más que a sí misma.

Fuera quien fuera.

Capítulo 3

HUGO no sabía en qué se había metido.
No sabía qué tenía Eleanor Andrews para
que lo hubiera afectado tanto. Lo que era
evidente era que Hugo Grovesmoor, que nunca había perseguido a una mujer en su vida, había estado
esperando a encontrarla.

Era extraordinaria.

Hugo anhelaba ver qué diablos se ocultaba bajo
aquel enorme abrigo. No descubrirlo podía quitarle
el sueño por la noche. ¿Sería una criatura como
esos monstruos que salen en las películas? ¿O había ocultado su esbelta silueta bajo una especie de
armadura?

Al ver que ella no se desabrochaba el abrigo en
el recibidor, él supo que lo mejor sería que se retirara a su zona de la casa, y continuara viviendo su
vida, olvidándose de su pupila y de la institutriz
que cuidaría de ella.

Así que no podía explicarse por qué estaba en el
ala de la casa que le había cedido a Geraldine, solo
porque sabía que la señora Redding estaba expli-
cándole a Eleanor dónde y cómo debía hacer su

trabajo. Los aposentos de la institutriz estaban en dicha ala, una planta más arriba, junto a la escalera.

–No esperaba encontrarlo, Excelencia –dijo la señora Redding cuando salió del cuarto de juegos y se encontró a Hugo mirando los cuadros del pasillo.

–No sé por qué no, señora Redding. Soy el propietario de la casa. Sin duda, es esperable que aparezca tarde o temprano.

–¿En la zona infantil? No es habitual –dijo la mujer con tono acusador–. Y, sin embargo, aquí está.

Hugo se volvió y sonrió un instante hacia la señora Redding antes de mirar hacia Eleanor.

En ese mismo instante, comprendió que había cometido un gran error.

Eleanor no era tan voluminosa como sugería su abrigo. Ni tampoco tan delgada como algunas de las institutrices anteriores, de mirada ávara y ambiciosa.

Justo lo contrario. Tenía el cuerpo de una diosa. De una diosa de la fertilidad. Eleanor tenía unos senos generosos, una cintura estrecha y anchas caderas. Hugo deseaba acariciárselo. Llevaba una blusa tupida y unos pantalones normales, pero parecía una modelo. Su cabello recogido la hacía todavía más intrigante. Él deseaba acariciárselo, o sentir su melena sobre el cuerpo desnudo.

Hugo sabía que tenía que parar. Inmediatamente.

Debía darse la vuelta y alejarse de ella, sobre todo al ver que ella fruncía el ceño. Otras mujeres que habían ido a su casa habían sonreído, o le habían puesto ojitos. Incluso se habían vestido de forma inapropiada mientras paseaban bajo la lluvia para atraer su atención.

Eleanor Andrews, sin embargo, llevaba el abrigo más feo que él había visto en su vida, como si no le importara resultar atractiva. No ocultaba que sentía poca estima hacia Hugo y le dedicaba gestos de desaprobación a pesar de estar en su propiedad, como si no le importara que fuera él el que iba a pagarle su salario.

Era casi como si no quisiera nada de él.

Era algo tan sorprendente que Hugo estuvo a punto de fruncir el ceño al pensarlo. Se detuvo justo a tiempo. Hugo Grovesmoor no fruncía el ceño. Eso implicaría que él tenía pensamientos, y no podía ser. Se le consideraba un malvado depredador que había sido enviado a la tierra para estropear todo lo bueno.

Hacía mucho tiempo que había aprendido cuál era su lugar.

Sin embargo, respondió:

—Yo terminaré de mostrarle el lugar a la señorita Andrews.

Entonces, al ver que las dos mujeres lo miraban asombradas, se preguntó si sus pensamientos impuros habrían quedado reflejados en su rostro. Una vez más, esa era la ventaja de poseer la mitad de Inglaterra ¿no? Podía hacer todo lo que se le antojara.

—¿No ha quedado claro? —preguntó después.

La señora Redding se excusó y se retiró, dejando a Hugo donde no debía estar. A solas con Eleanor.

La última institutriz que había contratado para cuidar de su pupila, una mujer que tenía un cuerpo que provocaba que él se sintiera como un adolescente. Y que no pudiera pensar más que con la entrepierna.

—Es muy amable al dedicarle tiempo de su ocupada agenda a una de sus empleadas de rango más bajo, Excelencia —dijo Eleanor—. Supongo que debe tener gran número de asuntos pendientes que requieran de su atención.

—Docenas cada minuto —convino Hugo—. Sin embargo, aquí estoy, dispuesto a esperarla y a acompañarla como un buen anfitrión.

Ella sonrió. Era una sonrisa heladora que no debería haberlo afectado de esa manera, como un golpe de calor sobre una zona del cuerpo que ya estaba demasiado dura.

—Yo no soy una invitada, Excelencia —dijo Eleanor, como si se hubiera sentido ofendida.

—Estoy seguro de haber oído una crítica explícita acerca de mi hospitalidad, ¿no es así? Afuera, cuando me preguntaba si era un cazador furtivo que se había colado en mi propiedad.

—Nunca me lo preguntó realmente.

—Sin embargo, me siento como si le hubiera hecho muchas preguntas y no me contestara ninguna. Y muchas otras que me surgieron durante su actuación en el recibidor.

Ella lo miró furiosa y frunciendo el ceño:

—¿Mi actuación?

Hugo arqueó las cejas y esperó.

–Excelencia –añadió ella.

–No sé cómo llamarlo si no «actuación» –entornó los ojos–. Quizá podría explicarme por qué le dio falsas esperanzas a la niña. ¿Es su método?

–Geraldine es una niña encantadora. Aunque si soy sincera, da la sensación de que se siente sola y un poco perdida. Espero ser capaz de ayudarla de alguna manera. Por supuesto, suponiendo que me permita hacerlo.

–¿Cree que yo evitaría que hiciera el trabajo para el que la he contratado? Tiene unas ideas curiosas, señorita Andrews. Y parece que bastante imaginación. ¿Está segura de que es la mejor elección para una niña que considera sola y perdida?

Eleanor se encogió de hombros.

–Al margen de si soy o no una buena elección, parece que soy la única institutriz que hay.

–Algo que podría cambiar en un instante. A mi antojo.

Ella se encogió de hombros una vez más.

–No hay nada que yo pueda hacer para controlar sus antojos, Excelencia. ¿O sí? Será mejor hacer lo que sea y confiar en lo mejor.

–¿Lo mejor es algo como la escena de hoy? ¿Contarle a una niña vulnerable que será su amiga para siempre, cuando ni siquiera se había quitado el abrigo o deshecho las maletas? ¿Sin ni siquiera saber si le cae bien? –negó con la cabeza–. La mayoría de las mujeres que han ocupado su puesto, se interesaron más por mí que por la niña, señorita Andrews.

–Mayor motivo para que alguien le preste atención a la pobre niña –dijo Eleanor–. Es evidente que está deseando tener compañía.

Eleanor lo miraba como si él fuera algo despreciable. Y él conocía esa mirada. La había recibido muchas veces por parte de amigos, familiares o extraños. No solía recibir miradas amistosas, y hacía mucho tiempo que se había acostumbrado.

Por algún motivo, ver esa mirada en el rostro de aquella mujer lo afectó demasiado.

–¿Por qué quiere este trabajo?

–¿Y por qué no iba a quererlo? –repuso ella con frialdad–. Otras catorce mujeres lo han tenido anteriormente. Es evidente que es muy popular.

–Esa no es una respuesta. Y, aunque le sorprenda, sé distinguir la diferencia entre lo que es una respuesta y lo que no –sonrió–. No solo soy un hombre atractivo, señorita Andrews.

–No comprendo el motivo de esta conversación. ¿Ahora que me he mudado a esta casa y ya he conocido a su pupila, cree que es el momento de hacerme una entrevista personal?

–¿Y si lo creo?

–Es un poco tarde, ¿no le parece?

–Lo que me parece es que soy su jefe. ¿O es que tengo alucinaciones y me imagino que soy el Duque de Grovesmoor?

Hugo no se había dado cuenta de cuándo se había acercado a ella. O quizá había sido ella la que se había acercado a él. No estaba seguro. Lo único que sabía era que estaban demasiado cerca como para estar tranquilo.

–No sé si se lo está imaginando o no –dijo Eleanor, con las manos en las caderas–, pero si no es el Duque de Grovesmoor, ha conseguido suplantar su identidad.

Ella no era una mujer como las que había conocido en otras ocasiones. Su actitud demostraba que no se sentía intimidada por él y Hugo no estaba acostumbrado a que lo desafiaran. Al menos, no con tanto descaro. No obstante, Hugo no anhelaba abusar de la autoridad que le otorgaba su título de Duque para machacarla. Lo cierto era que aquella mujer le provocaba deseo.

Anhelaba besarla y saborearla. Nunca había sentido algo parecido.

–Señorita Andrews, le sugeriría que recordara quién de nosotros es el duque y quién la institutriz.

–No creo que vaya a olvidarlo –contestó Eleanor, sin pensar–. Me habían prometido que apenas tendría relación con el propietario de la casa, Excelencia. Que usted nunca estaba disponible es algo que quedó muy claro en todas las entrevistas.

–La mayoría de las mujeres que aspiran a este trabajo desean verme, señorita Andrews. Debería darse cuenta de que ese es el primer motivo por el que frecuentan los pasillos de la casa. Y la razón principal por la que son despedidas poco después.

Ella ladeó la cabeza.

–¿Y qué es lo que hacen para que las despidan?

–Eso se lo dejaré a su imaginación.

–¿Ha perseguido a todas ellas por la finca, montado en un gran caballo?

Hugo estuvo a punto de reírse.

–¿Volveré a preguntarle por qué quiere este trabajo? No parece que comprenda los límites habituales que regulan a las personas que desempeñan su puesto. O que tenga cierto sentido de autoprotección.

–Le pido disculpas, Excelencia –dijo ella–. Lo único que quiero hacer es empezar a trabajar. Hay una niña cenando en el otro extremo de este pasillo y me gustaría conocerla un poco antes de empezar las clases. Si no necesita nada más...

–El jefe soy yo, señorita Andrews –le recordó–. Usted es una empleada. Su manera de dirigirse a mí es irrespetuosa, por no decir ridícula. ¿Por qué intenta contrariar a la persona que le va a pagar un salario muy generoso?

Ella mantenía el ceño fruncido, y Hugo todavía deseaba besarla.

–De hecho, no me pagarán durante dos semanas –dijo ella, como si no pudiera contenerse.

–Eso ya es diferente –murmuró Hugo.

Y entonces, como le encantaba complicar las cosas, la besó.

Estaban tan cerca que parecía imposible evitarlo. Quizá esa era la excusa. Le acarició la mejilla y se maravilló al sentir la suavidad de su piel, y lo fácil que resultaba besarla a pesar de que lo había estado mirando con mucha seriedad.

De pronto, se encontró con un verdadero problema, porque Eleanor tenía un sabor mágico.

Capítulo 4

ELEANOR no tenía ni idea de lo que sucedía. Él la estaba besando.

Hugo la estaba besando. El odiado Duque de Grovesmoor tenía la boca sobre la de ella.

Y nada de todo aquello estaba bien. Era peligroso, terrible y abrumador...

Y lo peor, a ella le estaba gustando.

No había palabras, o al menos, ella no las conocía, que pudieran describir cuánto le gustaba.

Era como fuego. Una explosión, y sabía que no se resquebrajaba en mil pedazos porque él la estaba sujetando.

Todo lo que Eleanor sabía sobre besos se resumía en dos palabras: no mucho. No obstante, lo que había experimentado como adolescente no se parecía en nada a aquello.

Hugo la besaba despacio, como si pensara besarla durante horas. O días. No parecía tener prisa, así que jugueteaba sobre sus labios y la saboreaba una y otra vez.

Eleanor comenzó a temblar. No estaba segura de qué era peor, si el roce de sus labios o el calor que desprendía su mano al sujetarle el rostro. Era como si le hubieran marcado la mejilla, como si él sujetara un hierro ardiente contra su piel, pero ella no deseara retirarse.

Y, además, seguía besándola.

Como si un beso pudiera ser infinito. Un beso de verdad, algo que ella nunca había conocido. Un deseo tan intenso que provocaba dolor físico.

Eleanor no sabía cómo había terminado tan cerca de él. En todo momento había tratado de recordarse que debía mantener la distancia porque no podría sacar nada bueno de su cercanía y, de pronto, como si la hubiesen hechizado, había empezado a comportarse como una bocazas que quería que la despidieran el primer día.

Y después, aquello.

De pronto, mientras él continuaba besándola, lo comprendió todo. Ese era Hugo Grovesmoor. Y eso era lo que hacía. Eleanor debería haber esperado algo así.

Hugo era un hombre que estaba dispuesto a usar su cuerpo para conseguir lo que quería. Cualquier cosa. Especialmente, si era para hacer daño a otras personas. ¿Cómo podía haberlo olvidado Eleanor? El hecho de que su beso hubiese sido una revelación, debería haberla avergonzado.

Y estaba segura de que se avergonzaría en cuanto pudiera recobrar la compostura.

Eleanor apoyó la mano sobre el fornido torso de Hugo y lo empujó una pizca. Eso empeoró la situación, su torso musculoso desprendía tanto calor debajo de su camiseta, que ella no deseaba retirar la mano.

No obstante, sabía que debía hacerlo.

Despacio, Hugo levantó la cabeza y la miró Sus ojos color ámbar brillaban con fuerza y ella se percató. Estaba experimentando tantas sensaciones que pensaba que se iba a desmayar. Una parte de ella solo quería dejarse llevar por la emoción, sin embargo, era una chica dura. No le quedaba más remedio que serlo. Tenía que pensar en Vivi.

–¿Es por esto por lo que se marcharon las catorce institutrices anteriores? –preguntó Eleanor, y se horrorizó al comprobar que le temblaba la voz. ¿Es una prueba? –tragó saliva para calmarse–. Geraldine está al final del pasillo.

Hugo retiró la mano y Eleanor trató de convencerse de que lo que sentía era alivio. Un triunfo. No algo parecido a la nostalgia de una pérdida.

Recordaba como la había besado por todas partes y sentía desazón y un fuerte calor en el vientre. Tenía los senos turgentes. Y sabía que las lágrimas que se agolpaban en sus ojos indicaban algo más complicado que solo lágrimas.

–Lo que más me gusta es esforzarme por cumplir las peores expectativas que la gente tiene de mí –dijo Hugo en un tono burlón y cortante–. ¿No me encuentra interesante, señorita Andrews? ¿Puede haber algo más satisfactorio que descubrir que soy exactamente igual que como imaginaba que sería? Depravado, caprichoso e indiferente, ¿No es así?

Eleanor había pensado lo mismo, pero oírselo

decir en voz alta, con cierta amargura y casi desesperación, hizo que algo se removiera en su interior.

Intentó no pensar en ello, porque nada de eso
debería haber sucedido. No con ella. No era el tipo
de mujer a los que los hombres sujetaban y besaban
en un momento espontáneo de pasión. Eso era lo
que le pasaba a Vivi. Su hermana siempre llamaba
la atención de los hombres. Ese era el motivo por el
que Eleanor sabía que no había razones por las que
un hombre como Hugo le pusiera las manos encima
a menos que fuera algo que hiciera habitualmente,
tal y como decían los periódicos, o que se estuviera
riendo de ella.

Eleanor nunca había oído que se pudiera hacer
burla de alguien mediante un beso, pero ¿qué podía
saber ella? Se había pasado la vida trabajando sin
hacer vida social y nunca había sentido gran curiosidad por el sexo opuesto. Estaba muy satisfecha de
ello, puesto que, si no tenía curiosidad, no tendría
necesidad y no lo echaría de menos.

–Creo que será mejor hacer como si esto nunca
hubiera pasado –dijo ella, con tanta serenidad como
pudo.

Hugo la miró y ella sintió el poder que él ema-
naba. ¿Cómo podía ser que no se hubiera dado
cuenta antes?

«Porque él lo disimula», pensó. «Del mismo modo
que tú no quieres ver lo que necesitas».

–Eso te dificultará vender tu sabrosa historia a
los periódicos –dijo Hugo con frialdad, como si
estuviera hablando de algo que no le incumbía.

—Aunque quisiera no podría hacerlo. He firmado un extenso acuerdo de confidencialidad, Excelencia. Sin duda, debe estar al corriente de ello.

—Estoy al corriente de que la sanción por incumplir el contrato de confidencialidad es cierta cantidad de libras esterlinas. Suponiendo que la prensa le ofrezca el doble de esa cantidad, merecería la pena incumplirlo. Al menos, a cierto tipo de personas.

—Yo... —Eleanor no solía quedarse sin palabras. No comprendía la sensación que inundaba su interior. La extraña nostalgia, o el hecho de tener que cerrar los puños para evitar tocar a Hugo. Se sentía abrumada—. Yo nunca haría tal cosa.

—Porque es una buena persona, por supuesto. Me había equivocado.

Hablaba con ironía y Eleanor no pudo evitar sonrojarse.

—¿Quién podría hacer tal cosa? —preguntó ella.

La expresión del duque era de cierta condescendencia, pero todo lo que Eleanor percibió fue su propia amargura.

—Le aseguro que todo el mundo tiene un precio —dijo Hugo. Parecía un presagio terrible.

—¿Usted también? —se atrevió a preguntar Eleanor.

La expresión que puso Hugo provocó que a ella le diera un vuelco el corazón y se sintió hundida. Aún peor era el efecto de su poderosa risa.

—Sobre todo, yo, señorita Andrews —dijo él, casi

con suavidad. No obstante, sus ojos oscuros lo delataban. De suavidad, nada–. Yo más que nadie.

Eleanor despertó en un cuarto decorado para una princesa y trató de convencerse de que la escena que había acontecido en el pasillo y por la que había perdido el sueño, no había sucedido.

No podía haber sido tan estúpida como para haber hecho eso en su primer día de trabajo, nada más conocer al duque y a su pupila. Antes de desempaquetar sus cosas o descubrir en qué consistía su nuevo trabajo. Eleanor nunca había sido tan tonta. Nunca había tenido tiempo, ni ganas, de enredarse en ese tipo de aventuras pasajeras.

Hasta la noche anterior, Eleanor habría asegurado que no tenía ese tipo de sentimientos o reacciones. Que no era ese tipo de mujer.

Decidió que haría como si ese beso no hubiera tenido lugar. Sobre todo, porque no debería haber pasado. Y porque no tenía ni idea de cómo manejar lo que sentía.

Pronto descubrió que daba igual cómo manejara lo que nunca debía haber sucedido, porque durante las siguientes semanas, el duque no volvió a aparecer.

Eleanor decidió que era una buena cosa.

Geraldine era una niña brillante y divertida. Y Eleanor prefería trabajar con ella que contestando teléfonos y aguantando a su último jefe.

–Siento haberte animado para que aceptaras este

extraño trabajo –le había dicho Vivi, cuando ya llevaba unos días trabajando en Groves House.

–Está bien. Me gusta, lo creas o no.

–Te presioné para que lo aceptaras y ahora estás
atrapada en las entrañas de Yorkshire.

Eleanor estaba sumergida en su lujosa bañera
llena de espuma. Tenía un libro en la bandeja, una
copa de vino y un trozo de queso que nunca había
probado antes. En la otra habitación, la chimenea
estaba encendida y el fuego chisporroteaba. Había
pasado el día con Geraldine estudiando Ciencias,
hasta que Eleanor entregó a la pequeña a las niñeras
que se ocupaban de darle la cena y acostarla.

–La pobre niña no puede ir a un colegio normal,
–había dicho la menos antipática de las niñeras,
cuando Geraldine entró en sus habitaciones, como
si Eleanor hubiese sugerido otra cosa–. Los perio-
distas no la dejarían en paz. Si supiera quién les
vende las historias sobre el duque les diría cuatro
cosas.

Como si Hugo fuera un buen hombre que mere-
ciera ese tipo de defensa.

Eleanor solía quedar libre antes de las cuatro y
media y, en realidad, luego no sabía qué hacer con
su tiempo libre. No obstante, eso no se lo contó a
Vivi.

–Estoy bien, de veras –comentó.

Y sintió lástima de sí misma cuando Vivi se dis-
culpó varias veces más antes de colgar. No obstante, decidió no comentarle nada a su hermana. Ni
en esa conversación, ni en las siguientes. Ni tam-

poco contarle que había conocido al duque en persona. No tenía sentido contarle lo que había sucedido, ya que Vivi sacaría conclusiones equivocadas.

Sin embargo, algo en su interior le decía que había otro motivo mucho más oscuro.

Eleanor lo ignoró.

Años atrás, Eleanor había pensado en formarse para ser profesora, pero creía que no ganaría lo suficiente para satisfacer las necesidades de Vivi y las suyas, y menos sin asistir a la universidad para sacarse un título. Evidentemente, no había tenido tiempo para eso, así que, trabajar con Geraldine era lo más parecido a cumplir su deseo. Era como adentrarse una pizca en un camino no elegido, y Eleanor descubrió que le gustaba tanto o más que aquel en el que había estado pensando todo ese tiempo.

Además, al estar centrada en Geraldine y prepararse las lecciones para el día siguiente, apenas se daba cuenta de la ausencia del duque.

Hasta que se quedaba dormida, cuando el beso que habían compartido inundaba sus sueños.

Y Eleanor despertaba cada mañana aturdida, sonrojada y demasiado excitada, porque sus sueños salvajes no terminaban con un solo beso.

Capítulo 5

S U EXCELENCIA no regresará hoy de España, tal y como estaba planeado –le anunció la señora Redding una mañana, cuando Eleanor pasó por el despacho de la ama de llaves para revisar el calendario de excursiones de Geraldine e informar a las cocineras y a las empleadas.

–Ah –Eleanor pestañeó.

Más tarde, Eleanor se puso furiosa consigo misma por no haber respondido como si estuviera más desinteresada. Lo único que podía hacer era mirar a la mujer mayor y fingir que no se había mostrado intrigada.

–Esperábamos que llegara hoy, pero, al parecer, ha cambiado de planes y viajará a Dublín antes de regresar –dijo la señora Redding, como si no hubiese percibido nada en la voz de Eleanor.

Eleanor decidió que era cierto que no había percibido nada. Al fin y al cabo, todo estaba en su cabeza y era ella la que se sentía culpable y la que recordaba el ardiente beso que habían compartido. No la señora Redding.

–No me había dado cuenta de que no estaba en

la casa estos días –contestó Eleanor en el tono más neutral que pudo, y dando un sorbo de té.

La señora Redding la miró y añadió:

–Cuando el duque está en casa pide que Geraldine y la institutriz cenen con él al menos una vez cada dos semanas, para valorar el progreso que están haciendo ambas.

–Bueno, supongo que eso explica por qué el duque parecía tan desentendido desde mi llegada –Eleanor forzó una risita–. Pensaba que quizá no tenía mucho interés en su pupila.

La señora Redding la miró con gran frialdad.

–Sería mejor que no creyera todo lo que la gente de fuera dice acerca de Su Excelencia –dijo cortante el ama de llaves–. El hombre del que hablan los periódicos no tiene nada que ver con el hombre que he conocido desde que era niño. Un hombre que ha acogido a una niña huérfana con todo su corazón y al que todavía critican por ello.

Eleanor dejo la taza de té sobre el plato, sorprendida por la vehemencia con la que hablaba la señora.

–Imagino que encontrarse de pronto con una pupila y tener la responsabilidad de criarla, necesita un periodo de adaptación –dijo ella, al cabo de un momento.

La señora Redding se giró y miró a Eleanor por encima de las gafas.

–Aquí somos un pelín protectoras hacia el duque. Es un desconocido que siempre da prioridad a sus propios intereses. Lleva tanto tiempo con esa fama que es lo único que la gente ve, pero nosotras vemos al niño que creció aquí. El resto de Inglaterra se dedica a contar historias horribles sobre Su Excelencia, pero aquí nunca se habla de eso. Nunca.

Eleanor no pudo evitar sentirse como si le hubieran dado una bofetada otra vez. Y más fuerte que en la otra ocasión. Como si el hecho de que a su llegada nadie la hubiera recibido en la estación no hubiese sido un despiste, sino una prueba. Deseaba preguntárselo a la señora Redding, pero no se atrevió.

A medida que pasaban los días descubrió que ocurría lo mismo con el resto de las empleadas de Groves House. Los días eran cada vez más oscuros y la lluvia parecía más fría. Las otras empleadas de la casa mostraban el mismo desinterés por Eleanor que habían mostrado en un principio. Eleanor terminó comiendo sola en sus habitaciones, porque cada vez que entraba en las zonas comunes de las empleadas, se hacía un silencio.

–¿Qué quieres decir con que todas son ariscas? –le preguntó Vivi durante una de las llamadas de teléfono. Sonaba distante y distraída, tal y como ocurría durante otras conversaciones, como si tuviera el teléfono sujeto con el hombro y estuviera haciendo otras cosas. Cosas mucho más importantes que la conversación con su hermana.

Eleanor pensó que no era justo que le diera importancia al tono de su hermana. Al fin y al cabo, ambas actuaban su papel. Si eso era un problema lo debía haber dicho antes, cuando siendo adolescentes un primo distante había vaticinado su futuro.

–Podréis casaros con un hombre rico o un hombre pobre –les dijo una tarde–. Vosotras no tenéis nada más en el mundo que la cara bonita de Vivi. Yo de vosotras la utilizaría para intentar mejoraros.

–Exactamente eso –dijo Eleanor, recordando–. Como si Vivi no fuera un milagro en sí misma, volviendo a caminar cuando los médicos pensaban que nunca lo haría. Pero ¿qué sería de la cara bonita de Vivi sin la visión financiera de Eleanor y su habilidad con la aguja?

–Son un grupo cerrado. Las personas nuevas no son bienvenidas.

Eleanor se había aficionado a pasear todas las noches por la casa. Ese día, había tomado unas escaleras que salían de la cocina hasta un ala del edificio en la que nunca había estado. Llegó hasta la segunda planta y se encontró en un pasillo que parecía una galería de arte. En las paredes colgaban importantes y valiosas obras de arte, junto con lo que parecían diferentes versiones de Hugo adecuadas a distintas épocas. Eleanor se concentró en la llamada de teléfono.

Vivi suspiró y dijo:

–¿Estás ahí para hacerte amigas, Eleanor?

–Por supuesto que no –percibió que estaba tensa y trató de fingir que no era así–. Sé por qué estoy aquí, Vivi. Lo único que digo es que no estaría mal tener a alguien amigable por aquí. Eso es todo.

–No vayas lloriqueando por ahí.

Eleanor apretó los dientes, para no contestarle en el mismo tono desagradable.

–Creo, Eleanor, que deberías sentirte agradecida por no tener que trabajar duro para ganarte la amistad de unas personas que dentro de un año ya no verás.

A Eleanor no se le había ocurrido pensar que la gente de su alrededor y su trabajo eran algo temporal. Y ciertamente lo eran. Aunque todo fuera bien, una niña no necesitaba tener una institutriz toda la vida.

–Creo que pasarán unos años ante de que pueda tumbarme al sol a descansar –señaló–. Geraldine solo tiene siete años, no diecisiete.

Vivi se rio.

–No vas a desaparecer en el norte para siempre, Eleanor. Se supone que vas a ganar suficiente dinero para que podamos pagar las deudas y después regresarás.

–No sabía que ese era el plan. Sobre todo, porque cuánto más tiempo esté, más dinero ganaré.

–Eleanor, por favor –dijo Vivi–. No puedo hacer todo esto sin ti. Estás como de vacaciones, nada más.

Eleanor finalizó la llamada y se encontró mirando por una ventana de aquella extraña galería de arte. Sentía un nudo en el estómago. Vivi le había expresado que no podía vivir sin ella, y que la echaba de menos, pero Eleanor sospechaba que no era verdad. Justo el día anterior, Vivi había mostrado preocupación acerca de cómo pagaría las facturas y el alquiler, y se había quejado de que el piso estaba muy desordenado porque nadie lo limpiaba.

Por supuesto, la persona que normalmente se encargaba de todo aquello era Eleanor.

Estaba bien que Vivi pensara que Eleanor estaba en un sitio terrible, en medio de un páramo, porque si se enteraba de que su hermana vivía con todo tipo de lujos, conseguiría la manera de ir hasta Groves House para disfrutarlos también.

Y Eleanor era mucho más egoísta de lo que se había imaginado. Por primera vez en la vida era lo bastante, como para no querer compartir aquello con su hermana, a pesar de que la quería con locura.

Se guardó el teléfono en el bolsillo de los pantalones y se acercó a las ventanas. El pasillo estaba situado en la parte trasera de la casa y tenía vistas a los extensos jardines que colindaban con los páramos. La luna llena se ocultaba intermitentemente entre las nubes, iluminando el jardín con sus brillantes rayos, pero dándole un aspecto tenebroso.

Y deprimente.

A lo mejor, Eleanor tenía esa sensación porque estaba atrapada en aquella vieja casa. Quizá porque los salones siempre estaban vacíos, los lugareños no eran amables y las noches empezaban a parecerle tres veces más largas que los días.

Pero ¿cuándo había decidido que era tan bueno estar sola? Su objetivo siempre había sido un buen matrimonio para Vivi. Sin embargo, nunca había pensado en lo que ella haría cuando eso ocurriera.

Se estremeció al recordar como la había besado el duque, su boca firme, ardiente e imperiosa sobre la suya. Si lo más destacado de su vida eran los sueños ardorosos que infaliblemente y con mucho detalle la convulsionaban cada noche centrándose en Hugo, era mucho más de lo que mucha gente tiene. Quizá eso era suficiente.

Eleanor pensó que tendría que ser así.

–¿Puedo aventurar que su inesperada aparición en mis aposentos privados sea una invitación, señorita Andrews?

Eleanor pensó que estaba teniendo alucinaciones auditivas, y se tomó su tiempo antes de darse la vuelta para comprobarlo.

Hugo estaba al final del largo pasillo, y su aspecto era como el de un verdadero duque. Exactamente igual a como Eleanor había imaginado que debía ser un hombre con ese poder. Iba vestido todo de negro y llevaba un sombrero de copa y una capa negra, un atuendo que habría parecido ridículo en cualquier otro hombre.

No obstante, Eleanor pensaba que no había nada que Hugo pudiera hacer que fuera ridículo. Y menos con el aspecto que tenía.

Y mucho menos cuando la estaba mirando.

–Va vestido como si viniera de visitar la Inglaterra de la regencia –dijo ella, consciente de que se le había secado la garganta nada más verlo.

–Por supuesto –dijo Hugo–. He estado por ahí asustando a los arrendatarios y llevando a cantineras en mi carruaje –arqueó una ceja–. O es posible que haya asistido a una fiesta de Halloween en traje de gala. Ya sabe que estamos a finales de octubre.

Eleanor no sabía nada más aparte de que le afectaba su presencia, y que sentía que todo su cuerpo estaba diferente. Como si tuviera fuego en los huesos y estuviera cambiando. O ya había cambiado durante los sueños repetitivos y no se había dado cuenta.

Hugo se acercó a ella con un suave movimiento. Cuando él ya estaba demasiado cerca, Eleanor trató de decir algo aburrido y desmotivador, pero no fue capaz de pensar en otra cosa aparte de la sensación que había experimentado cuando él la había besado.

A Hugo se le oscureció la mirada, como si Eleanor tuviera el pensamiento escrito en el rostro. No dijo nada. Pasó junto a ella y, alzando con arrogancia ligeramente la barbilla, le indicó que lo siguiera. Eleanor no pudo más que obedecerlo.

Hugo se detuvo junto a una puerta que había al final del pasillo y miró hacia atrás por encima del hombro.

—Pase —le dijo.

Eleanor no era capaz de distinguir si se sentía tentada o aterrorizada, pero aceleró el paso al oír sus palabras.

Hugo esbozó una sonrisa y añadió:

—Después de todo, quizá haya llegado el momento de hacerle esa entrevista.

Hugo se sentía como el lobo malvado.

No era una sensación desagradable. Al fin y al cabo, durante los últimos años no había hecho nada más que afilar sus colmillos. Y a pesar de haber puesto distancia entre la institutriz y él, no había conseguido calmarse. Las sensuales curvas de su cuerpo y la delgadez de su cintura seguían cautivándolo. Y seguía admirando su incapacidad para acobardarse ante él, como habían hecho casi todas las personas que habían entrado en aquella casa.

Además, su cuerpo seguía reaccionando ante su presencia.

Se había excitado nada más verla, e invitarla a entrar en su biblioteca privada solo iba a empeorar las cosas. Sabía que no debía hacerlo, porque ¿cuándo se había resistido ante una tentación?

En el momento en que él puso la mano sobre el picaporte, ella se detuvo y lo miró como si estuviera tratando de escapar de un hechizo.

–No puedo... ¿Esto es su dormitorio?

Hugo era un hombre. Y no un hombre bueno, así que tuvo que contenerse para no cargarla sobre su hombro y llevarla hasta su verdadero dormitorio.

–Creo que ese tono de voz sería mucho más eficaz si usted estuviera agarrando un collar de perlas –comentó él–. El papel de virgen ofendida necesita un poco más de elaboración.

Eleanor pestañeó y enderezó la espalda.

–Debo tomar eso como un sí, ese es su dormitorio.

–Si está tan ansiosa por meterse en mi cama,

solo ha de pedírmelo. Este tipo de juegos son inapropiados, señorita Andrews. ¿No cree?

–Excelencia...

Sin embargo, ella no se volvió y salió corriendo.

Hugo la miró con una sonrisa de superioridad para evitar acariciarla ya que, si empezaba, no podría parar durante una semana al menos. O quizá tres. Ella lo había cautivado con su mirada desafiante y con las curvas de su cuerpo, y él había decidido que, si ella iba a torturarlo, lo mejor sería que lo hiciera en persona.

–Tranquila. Esta es mi biblioteca. No una alcoba de inmoralidad –esbozó una sonrisa–. Bueno, supongo que eso depende de qué libros se escojan para leer.

Abrió la puerta y entró sin mirar atrás para ver si ella lo seguía. Era tentar demasiado al destino.

Si ella se hubiese alejado de él, Hugo no sabía lo que habría hecho.

Solo de pensarlo se contrarió. Lo consideraban uno de los hombres más viles de Inglaterra y eso le gustaba. En realidad, no le importaba nada lo que la institutriz decidiera hacer.

No obstante, ella lo siguió una vez más, y él tuvo que reconocer que le gustó que lo hiciera. Se vio obligado a admitir que se sentía aliviado. No podía ser, los hombres malvados como él no tenían sentimientos. Estaban hechos de piedra y no se arrepentían de nada.

Todo el mundo lo decía.

Hugo señaló hacia la butaca de piel que había

frente a la chimenea y sonrió de forma triunfal cuando ella se sentó. Obedientemente. A pesar de que la mirada de sus ojos oscuros sugería que en cualquier momento podía salir corriendo.

Hugo decidió que no la perseguiría si lo hacía. Por supuesto que no. Aunque mientras se quitaba la capa y el sombrero ya no estaba tan seguro.

–He estado en la gran librería del piso de abajo –dijo Eleanor para romper el silencio–. Esta se ha construido a menor escala, pero también es impresionante.

–Me alegra que piense eso.

Eleanor estaba mirando los libros, pero él estaba convencido de que la había visto contener una sonrisa.

–Gruesas novelas de misterio junto a libros de bolsillo –murmuró ella, mirando a su alrededor–. Física astral y Filosofía, ¿junto a la serie completa de Harry Potter?

–Evidentemente son las primeras ediciones y están dedicadas.

–Tenga cuidado –dijo Eleanor, sin mirarlo–. Los libros dicen mucho más de una persona que sus palabras. O de lo que dicen las palabras de otros. Los libros muy usados dicen todo tipo de verdades acerca de sus dueños.

Hugo experimentó una sensación extraña, casi como si estuviera mareado. O bebido.

Si Eleanor encontraba las verdades acerca de él que mostraban los libros, sabría lo que era real y lo que no. Y todo cambiaría. Él cambiaría.

Y Hugo estaba contento de quedarse como estaba. Aunque lo odiaran, porque eso le daba más poder. Y cuanto más lo convertían en el hombre del saco, más contento se ponía.

Porque toda la gente que se había creído la historia de Isobel merecía imaginar que la niña que ella había tenido con el idiota de Torquil estaba obligada a pagar por los pecados de sus padres viviendo con un monstruo como él. Merecían preocuparse por ello, torturarse imaginándose escenas de negligencia o abuso, porque eso era lo menos que se podía esperar del malvado que Isobel había creado.

—Toda buena historia necesita un malvado —le había dicho ella la primera vez.

Aquella fue la primera vez que Hugo despertó y se encontró en los periódicos una versión de si mismo que no reconocía. La primera vez que había tenido la terrible sensación de que la versión falsa era más creíble. Y que, cuando intentó limpiar su nombre, o contar su versión de la historia, nadie quiso escucharlo. Hugo, el terrible, era mucho mas convincente que el verdadero.

Él recordaba cómo la había perseguido por Santa Bárbara, en California, para exigirle que dejara de contar mentiras y que no lo implicara en los juegos enfermizos que le gustaba hacer sobre la vida de otras personas. No era porque eso le molestara. Hacía mucho tiempo que nada de lo que ella hacía le molestaba, pero su padre seguía vivo en aquel entonces y sufría mucho con todo aquello.

—Herir a tu querido padre no es mi objetivo —le había dicho Isobel, mirándolo por encima de la montura de sus gafas de sol, mientras tomaba el sol en bikini en una piscina de California—. Simplemente es una gratificación más.

—No puedes hacerme nada, Isobel —le había dicho él—. No puedes quitarme la herencia. No puedes apropiarte de un solo céntimo de mi fortuna. Aunque me odien, seguiré heredando el título de Duque. Grovesmoor continuará. ¿No lo comprendes? Soy indestructible.

Ella se rio antes de añadir:

—Y a mí se me da mejor contar historias.

Hugo se había llevado la peor parte de sus historias durante años. Lo único que había cambiado era que, de pronto, Isobel disponía de un arma en forma de niña de la que todo el mundo pensaba que él odiaba, y de la desaprobación del mundo entero.

No tenía intención de rendirse.

Y menos ante una institutriz con un cuerpo de modelo y unos ojos oscuros de mirada incierta.

Una mujer que buscaba la verdad en sus libros y no sabía cuándo retirarse de una pelea que no podría ganar.

No importaba cuánto la deseara él.

Capítulo 6

ELEANOR solo pudo mirar la colección de libros del duque durante unos instantes, antes de que fuera evidente que lo que intentaba evitar era mirarlo a él.

Nunca había vivido en un lugar donde pudiera guardar más libros que sus favoritos, en una pequeña estantería. Así que, lo cierto era que no le hubiera importado pasar unas horas en aquel lugar, apreciando todos aquellos títulos, pero, por supuesto, su jefe no la había llamado para que tuviera la oportunidad de echarles un vistazo.

«Recupera la compostura, Eleanor», se regañó.

Se sentó en el borde de una butaca de piel, temerosa de hundirse en ella y no poder levantarse nunca más. Cuando se aseguró de que su expresión era serena, se atrevió a mirar a Hugo y se percató de que la situación era mucho peor.

Muchísimo peor.

Hugo se había quitado el sombrero y la capa y parecía un personaje sacado del tipo de fantasías que Eleanor nunca había tenido antes de llegar a Groves House. Llevaba unos pantalones negros ajustados y una camisa blanca con el cuello abierto y su aspecto era mucho más peligroso.

Y tentador, de una manera que ella nunca había sentido antes.

Eleanor podía sentir cada tentación como si fueran diferentes ardores juntándose en su interior en forma de torbellino y provocando que se sintiera como una desconocida para sí misma.

Hugo se separó del escritorio donde había dejado su capa y su sombrero y se acercó a ella atravesando la habitación. Eleanor trató de convencerse de que él no estaba tratando de intimidarla. El hombre solo estaba desplazándose de un lado a otro de la biblioteca. Tal y como hacía la gente cuando quería atravesar un espacio.

No había motivos para que ella estuviera conteniendo la respiración. O tensando cada músculo de su cuerpo mientras se agarraba con fuerza al borde de la butaca.

Hugo se dejó caer en la otra butaca de piel que estaba frente a la de ella, con las piernas extendidas y de modo poco apropiado. Cada vez que ella lo miraba le parecía más grande, y su cuerpo musculoso cubría más que la butaca.

«No solo se ha sentado», pensó Eleanor con inquietud. Era como si tratara de dominar la habitación con su atractivo masculino. Él era el peligro y no el fuego que crepitaba en la chimenea y que ensombrecía a todo lo que no fuera Hugo.

«Habría sido más fácil si este hombre hubiese sido tan sórdido y depravado como lo muestran en los periódicos, y no un hombre atractivo y poderoso», pensó Eleanor con nerviosismo.

–¿Cómo va mi pupila? –preguntó Hugo.

Habló con tanta educación y tanta contención que Eleanor pensó que el extraño ambiente que invadía la habitación era producto de su imaginación. Era evidente que era un problema de ella, como si estar en presencia de aquel hombre le produjera una reacción alérgica. O quizá toda la influencia que los siglos de existencia de la casa Grovesmoor había tenido sobre la personalidad de Hugo, cuando se suponía que él no debía ser más que un holgazán. Eleanor suponía que incluso podía ser el porte de sus hombros, demasiado atléticos y esculpidos para un hombre famoso por entregarse a su bienestar.

No obstante, cuando lo miró a los ojos comprendió que no estaba sufriendo un ataque de alergia hacia la aristocracia. O en caso contrario, él también lo sufría, porque sus ojos oscuros tenían un brillo ardiente que Eleanor no reconocía, pero que podía sentir. En todas partes.

–Geraldine está muy bien –contestó ella con rapidez para no olvidarse de responder.

Pensar en la niña era la única manera de sobrevivir a aquello. Eleanor enderezó la espalda al máximo y cruzó las manos sobre su regazo. Descubrió que, si posaba la mirada sobre el mentón de Hugo, parecería que lo estaba mirando a él, sin tener que mirarlo directamente a los ojos.

Esa pequeña desconexión le permitió recuperar

la respiración y evitar que su corazón latiera demasiado deprisa. O aparentar que era capaz de mantener el control.

–Es muy inteligente. Y divertida. No todas las niñas son divertidas, por supuesto –Eleanor se sonrojó al ver que estaba balbuceando–. Bueno, no es que tenga mucha experiencia con niñas de siete años, pero yo fui una de ellas.

Hugo parecía decaído y hambriento, y la combinación provocó que a Eleanor se le acelerara el pulso.

–Hace algún tiempo, si no me equivoco –comentó él.

–Una señora no habla de su edad, Excelencia.

–Es una institutriz. No una señora como tal. Y es demasiado joven como para ser reservada sobre su edad. Seguro que en esta zona hay muchas mujeres mayores que usted.

Eleanor lo miró un instante, sin saber cuándo había abandonado su táctica de mirarlo a la barbilla. Había cometido un error. Se sentía como si hubiera estado mucho tiempo sentada al sol y su piel estuviera muy sensible.

–Tengo veintisiete años, si es lo que me está preguntando. Y espero que no sea así, porque sería de muy mala educación.

Hugo esbozó una sonrisa.

–Un horror.

–Me sorprende que un duque de Inglaterra se moleste en mostrar su autoridad.

–No se sorprenda, señorita Andrews. Todavía no

he encontrado ni una sola historia sobre mí que no deje claro que soy una persona terrible. Una vergüenza para la nación.

−¿Sugiere que me creo todo lo que he leído acerca de usted? Tengo entendido que la mayoría de las personas famosas dicen que lo que escriben sobre ellos en los periódicos son mentiras.

Algo cambió en su expresión. Era como si se hubiera convertido en piedra. Y su mirada se tornó más intensa.

−Y si yo le dijera tal cosa, que casi todo lo que se ha escrito sobre mí en la prensa es mentira, ¿me creería?

Hugo la miraba fijamente. Su aspecto era decadente. Pecaminoso.

Eleanor no había tenido ningún problema para creer todo lo que había leído sobre él. Nunca. Sin embargo, eso no servía para que lo encontrara menos atractivo.

−Su reputación va por delante de usted, Excelencia −dijo ella−. Sin embargo, no es su reputación lo que me preocupa, sino la educación de su pupila.

−Una respuesta esquiva, señorita Andrews. Preferiría que contestara a mi pregunta.

Eleanor recordó que aquella no era una situación que requiriera su honestidad. Aquel hombre no estaba interesado en la opinión que ella tuviera de él. Era el Duque de Grovesmoor. Y su jefe. Si pretendía aparentar que las historias que se contaban acerca de él eran mentira, lo mejor era que Eleanor mostrara su conformidad.

Tal y como su hermana le recordaba casi cada noche, aquello era una cuestión de dinero. Y no de la presión que sentía en el pecho y que la apremiaba a hacer justo lo contrario de lo que sabía era necesario.

Tratando de no pensar en ello, sonrió y dijo con educación:

—Todo el mundo sabe que los periódicos publican muchas mentiras —murmuró.

Hugo negó con la cabeza, como decepcionado.

—Creo que está mintiendo, señorita Andrews, y me sorprende en el alma —sonrió—. Y sí, tengo alma. Aunque sea turbia y oscura.

Resultaba muy fácil dejarse llevar, mirando a aquel hombre de oscuro atractivo, como si fuera una tormenta y que lo peor que pudiera pasar fuera mojarse. Ella tenía que dejar de pensar en él de esa manear. Tenía que hacer algo con las extrañas señales que el cuerpo le mandaba. La tensión en los senos. El nudo en el vientre. Y la sensación de calor en la entrepierna.

Debía recordar qué estaba haciendo allí. Era una cuestión de dinero y tenía que ver con Geraldine. Esos momentos de tensión eran pura distracción, nada más.

Por supuesto, no podían llegar a nada más.

—Le he pasado a Geraldine una serie de pruebas y he visto que está por encima de su nivel en la mayoría de las materias. Está claro que las catorce institutrices anteriores fueron buenas tutoras. Ella es una niña brillante y va muy avanzada.

–Me alegra oírlo –dijo, aunque no parecía alegrarse.

–Creo que hará que se sienta orgulloso de ella –dijo Eleanor, y al instante se percató de que no debería haberlo dicho. La niña no era de él. Geraldine era su pupila, no su hija. Era muy posible que solo se sintiera orgulloso de ella cuando alcanzara la mayoría de edad y ya no fuera su responsabilidad.

Además, tal y como le había sugerido la señora Redding, nada de eso era asunto suyo.

–Lo siento –dijo Eleanor rápidamente, antes de que él pudiera contestar–. Cuando era joven, deseaba ser profesora, pero tomé otro camino.

–Trabajó en diferentes puestos de oficina, en Londres –comentó él.

Ella sintió que se le ponía la piel de gallina.

–Sí. Este puesto de institutriz es completamente nuevo para mí. Quizá, con mi entusiasmo, me he excedido.

Durante un largo momento, Hugo no dijo nada y el ambiente se llenó de tensión. El aire. Esa sensación primitiva que se expandía en su pecho, provocando que ella creyera que no podía respirar. No obstante, cuanto más observaba su rostro cautivador, menos le importaba.

–Usted no me trata como si fuera un monstruo, señorita Andrews –comentó Hugo–. Y me desconcierta que no lo haga cuando todo el mundo lo hace. ¿Por qué usted no?

–No sé a qué se refiere.

—Creo que sí lo sabe. Normalmente, las mujeres se acercan a mí de dos maneras. O coquetean conmigo en busca de mi atención y mis caricias, o se acobardan, conscientes de que una leve caricia mía arruinaría su reputación para siempre, y las dejaría estremeciéndose gracias a mis supuestos poderes malvados. Aunque no de forma divertida. Sin embargo, usted no entra en ninguna de las dos opciones.

Había algo en su tono de voz que ella no comprendía, pero que la afectaba como si fuera algo embriagador.

—Le pido disculpas, Excelencia. No era consciente de que se esperaba cierta reacción hacia usted como requisito para este trabajo. Pensaba que mi relación con Geraldine era lo importante.

—Nadie acepta este trabajo por la niña. De un modo u otro, siempre es por mí. El hecho de que no quiera admitirlo me hace sentir todavía más curiosidad. Y no debería decirle que convertirse en el foco de mi atención tiene consecuencias.

Eleanor tenía las manos entrelazadas con tanta fuerza que se le durmieron los dedos. Al notarlo, se esforzó por separar las manos.

—Preferiría no ser maleducada, Excelencia, pero no me ha dejado elección.

—Soy todo oídos. Me gusta mucho la mala educación.

—Estoy segura de que en el fondo es un buen hombre —añadió ella—, pero debería darse cuenta de que lo que es atractivo es el salario. Y aunque es cierto que usted tiene cierto encanto, no he venido por eso. Ya se lo dije, me aseguraron varias veces que nunca lo vería.

–Tengo un gran ego, señorita Andrews, sin embargo, se debilita ante usted. La mayoría de las mujeres treparían los acantilados de Dover si pensaran que quizá pudieran verme.

–Sospecho que su ego es bastante grande y sobrevivirá. Y yo no soy como las demás mujeres.

–Desde luego que no.

Eleanor se contuvo para no contestar. No le serviría de nada llevarle la contraria.

«Piensa en el dinero», se dijo. «Piensa en Vivi».

–Es tarde, Excelencia –dijo mientras se ponía en pie.

–Todavía no es medianoche –él ni siquiera se molestó en mirar el reloj que llevaba en la muñeca. Un reloj que debía haberle costado una fortuna. O dos–. Apenas son las diez.

–Tarde, para aquellas personas que nos levantamos temprano para cuidar a niños pequeños.

–Ahí está –dijo él con satisfacción–. He percibido el temor que siente hacia mí.

–No es temor, es nerviosismo –le corrigió–. Me pone nerviosa tener estas conversaciones confusas. Estoy segura de que lo comprende. Trabajo para usted.

–Por supuesto que no puedo comprenderlo. Nunca he trabajado para nadie.

Eleanor gesticuló con la mano.

–Entonces, menos mal que tiene todos estos libros que pueden facilitarle una perspectiva diferente a la suya.

—Creo que está mintiendo otra vez, señorita Andrews —dijo Hugo, con un tono de voz ligeramente sensual.

Eleanor se estremeció.

—He vuelto a perderme —dijo ella.

—Lo que está sintiendo ahora no es miedo —le dijo Hugo con seguridad, como si no hubiera dudado en su vida—. Ni nerviosismo por hablar con su jefe. Se da cuenta de lo rápido que late su corazón, ¿verdad? ¿Y de ese anhelo intenso que siente en la base de su vientre?

Ella se sonrojó.

—No.

—Lo divertido de un hombre como yo es que no puedo soportar que me mientan a la cara. Se nota demasiado —sonrió—. Pruebe otra vez.

—Estoy muy cansada. Me gustaría que me excusara para poder irme a la cama, por favor.

—La cama es la mejor cura, señorita Andrews, pero no estoy hablando de dormir. Y creo que lo sabe.

Eleanor lo miró boquiabierta. Una vez más. Sin embargo, en esa ocasión no fue capaz de hacer nada.

—¿Está...? No puede...

Hugo se rio, robando el calor del fuego y el aire de la habitación. Después, se puso en pie y Eleanor sintió que el espacio se volvía agobiante. No estaba segura de si podía ponerse en pie. Era como si se hubiera quedado congelada en el sitio, sin embargo, no había ni una parte de su cuerpo que estuviera fría.

Ni una.

—Parece una mujer incapaz de pensar en nada más aparte de cómo sería si yo la besara —dijo Hugo.

—Eso no puede suceder —murmuró Eleanor.

—Ha sucedido y volverá a suceder. Me temo que es inevitable.

Estiró los brazos y le cubrió las mejillas con las manos antes de acariciarle la boca con el dedo pulgar. Despacio, con atención, como si estuviera memorizando la silueta de sus labios.

Eleanor ardía de deseo. Más que si él la hubiese rociado con gasolina y prendido con una cerilla. Y lo peor era que sabía que todo aquello no estaba bien.

—¿Lo ve? No es miedo —Hugo habló en voz baja, pero con mucha seguridad.

Él la sujetó por la barbilla para que lo mirara y Eleanor se asustó. Al menos, eso es lo que pensó que le pasaba cuando experimentó esa cegadora sensación imposible de ignorar.

—Soy asexual —soltó.

Esperaba que sus palabras lo detuvieran. Que detuvieran todo lo que estaba sucediendo y se recuperara la normalidad.

Sin embargo, Hugo emitió un sonido desde lo más profundo de su garganta, una mezcla de risa y gemido, y no la soltó, sino que la sujetó con más fuerza. Y por más sitios.

–¿Lo es?

–Bueno, sí –le resultaba imposible recordar lo que quería decir. Solo podía fijarse en sus ojos, y en su boca. Él estaba demasiado cerca–. Supongo que siempre lo he sido.

–¿De veras?

–Sí –dijo ella. Al instante, se arrepintió de sus palabras–. Soy insensible a algunas cosas. Y lo siento si esto resulta complicado.

–Yo creo que tiene mucha sensibilidad –se acercó más a ella, provocando que su torso musculoso pasara a formar parte del problema.

–Seguro que no –contestó Eleanor, a pesar de que estaba sintiendo demasiado. Por todo el cuerpo. Y constantemente. Era incapaz de decir si estaba asustada o mareada, o algo entre medias, pero estaba segura de que existía otra explicación aparte del calor que podía percibir en la mirada de sus ojos color ámbar.

–Sospecho, pequeña, que lo que ha estado es aburrida –murmuró Hugo, con un tono de voz que la hizo estremecer.

Entonces, colocó la boca sobre la de ella y se lo demostró.

Capítulo 7

ESE BESO era diferente al anterior.
Eleanor nunca se había imaginado que pudiera encontrarse en una situación en la que fuera capaz de distinguir las diferencias entre dos besos, ya que nunca había pensado que pasaría mucho tiempo besando a alguien. Sin embargo, allí estaba, y ese beso era mucho más apasionado que el anterior.

Era un beso ardiente y lleno de deseo.

O quizá, no era solamente el beso, era ella.

Hugo retiró las manos de su rostro, le acarició la espalda y la sujetó contra su cuerpo. De pronto, Eleanor sintió que su mente se ponía en blanco y solo percibía el sonido de su corazón golpeando sus costillas y la salvaje sensación de la boca de Hugo sobre la suya.

Una y otra vez.

En algún lugar remoto de su mente, Eleanor sabía que aquello era un error. Lo sabía, pero no podía evitarlo. No quería parar. Él ladeó la cabeza y la besó apasionadamente, con un beso más caliente, húmedo y salvaje. Ella permitió que la guiara, que le enseñara, que provocara que ardiera de deseo.

Él la besó una y otra vez. Colocó una mano sobre la parte baja de su espalda y la atrajo hacia sí, mientras continuaba utilizando la boca como si fuera una especie de arma. Eleanor lo rodeó por el cuello de forma inconsciente. Quizá había algo en su interior que le indicaba que debía sujetarse, para no perderse para siempre en aquella tormenta que debería haber evitado.

Sin embargo, ella no quería evitarla. Quería disfrutar de ello. Quería gritar bajo los truenos y permitir que la lluvia la depurara.

Ni siquiera sabía lo que eso quería decir, pero lo deseaba, y cada vez que él la besaba, se entusiasmaba.

Y después estaba lo que él hacía con sus manos. Ella no estaba segura de qué era peor, que pareciera que él la conocía mejor de lo que ella se conocía a sí misma, o su temor a estallar con cada nueva caricia.

Hugo le acarició un lado del cuerpo como si estuviera memorizando su silueta y, después, la sujetó por el trasero y la atrajo hacia sí.

—Perfecto —murmuró contra su boca y ella se estremeció.

«Placer», pensó ella. Puro placer.

Eleanor nunca se había permitido algo parecido. Incluso ni siquiera sabía que existía. Hugo le había abierto una ventana frente a los inimaginables placeres y Eleanor no pudo resistirse a ellos. Fuera cual fuera el precio que tuviera que pagar.

—Más —susurró Hugo con tono peligroso y deslizó la boca sobre el cuello de Eleanor.

Y cuando el mundo comenzó a girar a su alrededor, Eleanor tardó un momento en percatarse de que era Hugo el que, tomándola en brazos, la giraba para apoyarla contra la librería.

Después, él se acercó a ella como si no pudiera estar ni a un centímetro de distancia.

Eleanor sabía que debería haberse quejado, pero estaba demasiado abrumada y su mente no era capaz de seguir el ritmo de lo que le pasaba a su cuerpo. De lo que él provocaba en su cuerpo.

La boca de Hugo era un tormento. Y una recompensa. Ambas cosas a la vez.

Él le acarició los brazos y entrelazó los dedos con los de ella. Después, sin dejar de besarla, le levantó los brazos y la agarró por las muñecas para sujetarla contra la librería.

–Quédate quieta –le ordenó.

Y ella lo obedeció. Estaba temblando demasiado. Se sentía perdida y no sabía cómo salir de aquello.

Tampoco estaba segura de querer hacerlo.

Sin dejar de besarla, Hugo murmuró algo que ella no pudo entender y se movió una pizca para mirarla de arriba abajo.

Después, colocó las manos sobre sus mejillas. Por un instante, Eleanor se preocupó de que quizá no le resultara atractiva, ya que él era un hombre que se había acostado con mujeres muy bellas.

No obstante, cuando él la miró de nuevo, todas sus inseguridades se desvanecieron. Aunque Eleanor no había hecho aquello antes y no sabía qué debía hacer, nunca había visto tanta pasión como la que Hugo tenía reflejada en la mirada.

Era una sensación tan intensa que resultaba devastadora, pero, de algún modo, consiguió mantenerse en pie. Y no conseguía separarse de él. Ni siquiera era capaz de intentarlo.

Hugo la besó en el cuello y le acarició los senos, provocando que a Eleanor se le entrecortara la respiración.

Ella suspiró mientras él la acariciaba sobre la ropa y jugueteaba con sus pezones provocando que se excitara aún más.

Él emitió una especie de rugido suave y profundo que hizo estremecer a Eleanor.

—Más tarde —dijo él, a modo de promesa.

Eleanor no sabía a qué se refería, ni tampoco le importaba porque él continuó acariciándola y deslizó las manos pasando por su cintura hasta llegar a las caderas. Después, encontró la manera de desabrocharle los pantalones y ella sintió que se derretía por dentro.

—Te dije que no movieras las manos —la regañó Hugo.

Y no fue hasta que él habló cuando Eleanor se percató de que había apoyado las manos sobre los hombros de él. ¿Para apartarlo? ¿Para atraerlo hacia sí? No tenía ni idea. Al momento, obedeció y subió de nuevo las manos.

Hugo terminó de desabrocharle los pantalones y metió la mano en su entrepierna. Parecía inevitable y ella sintió que lo era.

La biblioteca estaba en silencio. Solo se oía el crepitar del fuego y un sonido que a Eleanor le costó reconocer como su propia respiración. El fuerte latido de su corazón se lo impedía.

Y si Hugo lo percibía, parecía que le gustaba. Al menos eso era lo que transmitía su sonrisa y la manera en que la miraba. Ella se sentía vulnerable, como si él pudiera ver todo su interior.

—Me alegra que permitas que haga este experimento, pequeña —dijo él, en un tono que debería haberla alarmado—. Teniendo en cuenta lo bien que sabes qué es lo que deseas.

—No sé a qué...

—Calla.

Una vez más, Eleanor lo obedeció. Él estaba metiendo la mano bajo su ropa interior y ella se estremeció. Después, Hugo dobló los dedos y la acarició donde nadie la había tocado jamás.

A Eleanor le flaquearon las piernas, pero Hugo la sujetaba con su cuerpo.

—He de decirle, señorita Andrews, que para ser una mujer que se declara asexual está muy húmeda.

—¿Húmeda? —murmuró ella.

—Muy, muy, húmeda —rectificó él.

Entonces, comenzó a acariciarla.

La inundaron todo tipo de sensaciones. Hugo se había apoderado de ella y Eleanor apenas recordaba el mundo exterior. Percibía su aroma masculino y recordaba el sabor de su boca, como si fuera una de esas bebidas embriagadoras que solo probaba en Navidad.

Hugo le sujetó el rostro con la otra mano y sonrió antes de inclinar la cabeza para besarla otra vez
de forma apasionada.

Eleanor nunca había sentido nada igual. Él continuó acariciando los pliegues húmedos de su sexo,
provocando que fuera incapaz de pensar. No podía
controlarse. Estaba perdida entre su boca y su
mano, y solamente podía seguir el ritmo que él
marcaba y que tanto la conmocionaba.

Cada vez más intenso y salvaje.

De pronto, sintió una fuerte tensión en el vientre y
supo que sólo podía suceder una cosa, quisiera o no.

—No te resistas, pequeña —murmuró Hugo, sepa-
rando la boca ligeramente de la de ella.

—No me estoy resistiendo —contestó Eleanor.

Y entonces, sucedió. Fue como una ducha de
chispas, magia y nostalgia. Deliciosa y debilitante
a la vez. Eleanor se estremeció desde la cabeza a
los pies, echó la cabeza hacia atrás y comenzó a
moverse contra la mano de Hugo, mientras él continuaba besándola en el cuello. Guiándola hasta
donde deseaba llevarla y sin que ella se resistiera.

Ella se percató de que él estaba sonriendo y se
asustó, pero siguió cayendo sin parar.

Y confió en que Hugo pudiera recogerla al otro
lado del abismo.

Conseguir que la rígida institutriz se desmoro-
nara bajo sus manos era lo más ardiente que Hugo
recordaba haber hecho en su vida.

Aquellos gemidos. Su mirada nostálgica. Incluso su manera de fruncir el ceño al final y la vocecita que puso antes de llegar al orgasmo.

Él no comprendía cómo era posible, pero Eleanor Andrews lo estaba hundiendo.

Hugo trató de no pensar en ello. Ya se había hundido hacía mucho tiempo y no podía caer más bajo.

Además, ninguna mujer inocente merecía un hombre tan autodestructivo. Y menos una mujer como aquella, que había confundido su inexperiencia con el desinterés. Eso demostraba lo poco que conocía a los hombres.

Hugo podía devorarla viva.

Ella respiraba de manera agitada y no se sostenía en pie, así que él la tomó entre los brazos y la llevó hasta el sofá, sorprendido por comportarse de manera tan amable con aquella mujer. No era lo normal. Él no era conocido por ser delicado. No se estregaba a los preliminares, ni leía poemas en alto antes de pedir permiso para acariciarle el tobillo a su amante.

Por favor.

Hugo siempre había considerado que la poesía que había en él era brusca y primitiva y que su mejor manera de expresarla eran las manos. Y su cuerpo.

Y todas las cosas oscuras que podía hacer con ambas cosas. Y que hacía, una y otra vez.

Nunca había recibido quejas. Al menos en persona. Los periódicos eran otra historia, pero incluso en todas aquellas mentiras nunca se decía que fuera un mal amante. Simplemente que era un hombre malo, muy muy malo.

Aún así, nunca le habían gustado las mujeres inocentes, por muy dulces que fueran, ni por mucho que lo llevaran al borde de la locura.

Se enderezó y la furia se apoderó de él al ver que la tensión sexual invadía su cuerpo y provocaba que los pantalones le quedaran muy apretados. Al ver que ella no le correspondía, se le ocurrió que una mujer que se consideraba asexual y que ni siquiera conocía su propio cuerpo, quizá fuera más inexperta de lo que él había imaginado. Casi como si fuera...

Era imposible. No estaban en la época del medievo.

–¿Eres virgen? –preguntó con brusquedad.

Eleanor se movió en el sofá y miró a su alrededor como si no supiera dónde se encontraba, ni quién era él. Se incorporó una pizca y lo miró. Después, se pasó las manos por el cabello y se recolocó dos mechones que habían escapado de su moño y cuando terminó, bajo la vista y vio que todavía tenía desabrochados los pantalones.

Al ver cómo se sonrojaba, Hugo se sintió completamente cautivado por ella.

Eleanor tragó saliva y frunció el ceño, pero no dijo nada. Se abrochó el pantalón y se sentó derecha. Entonces, lo miró, y hubo algo en su mirada que provocó que él se sintiera como el monstruo que sabía que era. O más de lo habitual.

Eleanor parecía muy frágil.

Eso debería haber provocado que él se odiara todavía más, sin embargo, su sentimiento era mucho más primitivo.

–Al margen de si soy virgen o no, creo que eso no es asunto suyo, Excelencia –repuso ella con frialdad y arrogancia.

Al instante, Hugo dejó de sentirse mal por todo aquello y volvió a las formalidades.

–No es muy adecuado hablar en ese tono al hombre que le acaba de provocar un orgasmo –señaló él–. Y tan fuerte que ha estado a punto de romper la balda de una librería antigua.

–Parece que la librería está perfecta.

–Teniendo en cuenta que tenía la espalda arqueada y los ojos cerrados mientras cabalgaba sobre mi mano, dudo que sepa lo cerca que ha estado de tirar toda mi colección de libros sobre su cabeza.

–Ojalá lo hubiera hecho –dijo ella–. Todo lo que ha sucedido ha sido inapropiado. Por la mañana presentaré mi dimisión.

Hugo se encogió de hombros.

–Si lo desea... Será un esfuerzo en vano. No la aceptaré.

–Por supuesto que lo hará.

Él no sabía por qué Eleanor le parecía divertida. Él había despedido a muchas otras institutrices por mucho menos. A la que lo persiguió por el jardín diciéndole que no llevaba ropa anterior. A la que coqueteaba con él en lugar de llamar a un médico cuando Geraldine estaba enferma, a la que dejaba prendas íntimas con aroma a lavanda por toda la casa, para que Hugo las encontrara en los lugares más curiosos... Hugo no se lo había pensado dos veces antes de despedirlas.

Debería haberse alegrado de que Eleanor se planteara presentar su dimisión. Incluso debería habérsela exigido en el mismo instante en que la vio vestida con aquel abrigo horroroso y supo que iba a suponerle un problema. Con sus sinuosas curvas.

Hugo no tenía ni idea de qué diablos le estaba pasando.

—Me temo que he de recordarle una vez más que soy el Duque de Grovesmoor.

—Sé quién es. Todo el mundo sabe quién es.

—Entonces, debería saber que no tiene sentido que discuta conmigo —la observó mientras se ponía en pie—. En lugar de discutir sobre una dimisión que no tendrá lugar, ¿por qué no me cuenta por qué insiste en recogerse el cabello en ese horrible moño?

—Porque resulta profesional —soltó ella—. Y no es asunto suyo.

Hugo la miró a los ojos. Levantó la mano despacio y se lamió los dedos con los que había acariciado su sexo.

Ella se quedó boquiabierta y se sonrojó.

—Todavía puedo saborearle, Eleanor —dijo él—. Es demasiado tarde para poner límites, ¿no cree?

Eleanor se puso tensa, y él no se sorprendió al verla salir de la biblioteca a toda velocidad.

No podía culparla.

Se culpaba a sí mismo. Y a medida que avanzara

la noche tendría que soportar el hecho de que todavía podía sentir su sabor y percibir su aroma embriagador. Sentado en su biblioteca, mirando el fuego y contemplando lo destrozado que estaba. ¿Qué tipo de monstruo era si se había convertido en un duque indigno y desagradable que se dedicaba a aterrorizar mujeres vírgenes en su residencia?

Al día siguiente, al ver que no tenía ninguna carta de dimisión sobre el escritorio y que Eleanor seguía en la casa, dejó de flagelarse.

Una cosa era haber provocado a una mujer virgen para que entrara en la madriguera del dragón, y otra que ella se quedara allí cuando sabía muy bien quién era él y de lo que era capaz.

Capítulo 8

TIENE una visita.

Eleanor levantó la vista del libro de texto que estaba repasando con Geraldine en la biblioteca y vio que la señora Redding la miraba con cara de desaprobación.

–¿Una visita? –repitió, tratando de interpretar la expresión de aquella mujer. Eleanor no conocía a nadie en la zona y apenas había pasado tiempo fuera de la finca durante las cinco semanas y media que llevaba allí.

–No es recomendable que las empleadas inviten amigos o familiares a la finca –dijo el ama de llaves con frialdad, y como si hubiera pillado a Eleanor celebrando una fiesta–. No somos invitados de Su Excelencia. Somos empleadas. Estoy segura de que es un tema que se trató en la entrevista de la agencia de empleo.

–No he invitado a nadie –protestó Eleanor, pero no sirvió de nada porque la señora Redding ya se había dado la vuelta para marcharse, mostrándose ofendida por el hecho de que Eleanor hubiera transgredido las normas.

Eleanor le dejó a Geraldine una lectura como tarea para mantenerla ocupada y siguió a la señora Redding hasta la puerta principal de la casa.

Solo había una persona que sabía que ella estaba allí, pero era imposible que Vivi se hubiera acercado a verla. Su hermana no se desplazaría al norte de Inglaterra pudiendo quedarse en Londres. Ella prefería estar entre las luces de la ciudad, o en las casas elegantes que sus amigos tenían en el extranjero. Desde luego, no se aventuraría hasta el norte de Inglaterra, bajo ninguna circunstancia.

«Estás siendo un poco dura con ella», se regañó en silencio.

Le pasaba algo desde la noche que había estado con el duque en la biblioteca, una semana antes. Era como si él la hubiera infectado con sus caricias. Con las cosas que le había hecho sentir. Eleanor se notaba tensa y diferente. Era incapaz de dormir y estaba muy susceptible cuando hablaba con Vivi por teléfono.

Su comportamiento le parecía terrible. Había permitido que la pusieran en una situación comprometedora y, lo peor, no había evitado que volviera a suceder.

El duque no había vuelto a tocarla, y eso era en lo único que ella podía pensar.

Lo que él hacía era mucho peor. Aparecía durante las clases de Geraldine cuando le apetecía, como cuando una mañana apareció en los jardines por sorpresa y comentó:

—Eso no se parece en nada al latín que yo estudiaba.

Eleanor se sobresaltó al oír su voz por detrás y trató de disimular su reacción delante de Geraldine.

–Es francés –repuso Eleanor.

–Eso ya lo sé, gracias –contestó Hugo en francés y se acercó a ellas, provocando que Geraldine se riera.

Eleanor deseó pedirle que se marchara y las dejara continuar con la clase de francés. No podía hacerlo. Estaba en su casa. Y con su pupila. Eleanor estaba pensando cómo pedirle que respetara el tiempo de clases de Geraldine cuando él comenzó a hablar con la pequeña directamente. Y en un francés perfecto.

Hugo permaneció hablando con ella unos veinte minutos, como si Eleanor no estuviera allí.

Su presencia provocó que a Eleanor le latiera el corazón más deprisa. Y que a Geraldine le resplandeciera el rostro.

Antes de marcharse, Hugo hizo una pequeña reverencia ante Geraldine y miró fijamente a Eleanor. Con una mirada que Eleanor no había podido olvidar en mucho tiempo.

Otro día había aparecido en la biblioteca mientras Eleanor estaba a solas con Geraldine.

–Venga a cenar conmigo –le había dicho él.

Eleanor se volvió para comprobar dónde estaba la niña y vio que estaba en una mesa buscando diez palabras en un diccionario para poder escribir una historia.

–Le agradezco la oferta, Excelencia –dijo con la mayor frialdad posible–, pero me temo que eso es imposible.

–Para que lo sepa, pretendía llevarla a Roma esta noche.

Eleanor frunció el ceño mirando el libro que tenía delante, pero comenzó a verlo todo borroso en cuanto él se colocó a su lado.

–Eso sería incomprensiblemente inapropiado.

–Odiaría ser incomprensible –murmuró Hugo con ese tono irónico que hacía que ella pensara en la presión de su cuerpo y en el tacto de su mano en la entrepierna–. Por ello he de conformarme con mi comedor privado.

–Eso también es inapropiado.

–Pero más comprensible.

–Excelencia...

–Es un poco tarde para eso, Eleanor –dijo él–. ¿No cree?

–No creo –contestó ella, tratando de mantener la voz en un susurro. Miró a Geraldine y después a Hugo otra vez–. Para usted esto es un juego, pero para mí es un empleo. Y hay más personas que dependen de él.

Hugo puso una de esas medias sonrisas que invadían los sueños de Eleanor cuando dormía. Y cuando no estaba dormida también.

–Si no hubiese comprobado que era virgen, pensaría que tiene un hijo escondido en algún lugar.

–No tengo un hijo, tengo una hermana –comentó Eleanor.

–¿Una hermana pequeña?

–Se llama Vivi, y tiene veinticinco años.

–¿Y no está bien?

–No le pasa nada, pero soy yo quien paga las facturas.

Hugo arqueó una ceja.

–¿Paga las facturas de una hermana de veinticinco años?

Entonces, Eleanor se dio cuenta de que nunca había tenido que explicarle a nadie su situación. La mayor parte de las personas no hacía ese tipo de preguntas impertinentes y, si lo hubiera hecho, ella no se habría sentido obligada a contestar.

–Es complicado –repuso al cabo de unos momentos–. Vivi tiene mucho talento, pero no le resulta fácil encontrar su lugar para mostrarlo. Cuando lo haga, todo estará más equilibrado.

Hugo la miró un instante.

–¿Intenta usted convencerme a mí? ¿O a usted misma?

Cuando Geraldine dijo que había terminado, Eleanor se sintió terriblemente agradecida por la interrupción.

Hugo la había hecho sentir como si no encajara en su propio cuerpo.

Y luego nunca había vuelto a sentirse la misma.

Tampoco era que, en esos instantes, mientras corría por la planta principal hacia el recibidor, se sintiera como ella misma.

«¿Quién eres?», le dijo una vocecita en su interior y, para su vergüenza, se parecía demasiado a la de Hugo. «¿A qué quieres aferrarte de forma tan desesperada?».

Negó con la cabeza para tratar de que la vocecita

no volviera a molestarla y dobló por el pasillo hacia la entrada.

Vivi estaba esperándola allí.

Durante un instante, Eleanor no comprendía nada. No había motivo alguno para que Vivi estuviera en Yorkshire, y mucho menos en el recibidor de Groves House. En Londres, cuando Eleanor le preguntó a su hermana si pensaba ir a visitarla cuando tuviera unos días de descanso después de las seis semanas de trabajo, Vivi no se había comprometido.

–No puedo saber lo que haré dentro de tanto tiempo–, había dicho. Aunque, en aquel entonces, Eleanor no había pensado mucho en ello. Ese era el estilo de Vivi, tan despreocupado que nunca se sabía lo que estaría haciendo en el siguiente instante.

Por un momento, Eleanor pensó que estaba equivocada, sin embargo, en aquella silueta reconocía a su hermana claramente. Estaba tremendamente delgada y vestía unos pantalones vaqueros de diseño que se ceñían a sus muslos antes de desaparecer dentro de las botas. Además, llevaba un abrigo y una bufanda que no quedarían fuera de lugar en Sloane Square. Su melena salvaje caía sobre sus hombros, de forma alborotada, como si nunca hubiera visto un cepillo. Vivi tardaba horas en conseguir ese aspecto. Al acercarse, Eleanor se fijó en que su hermana fruncía los labios mientras miraba toda la riqueza que había a su alrededor. Y, además, tenía un brillo especial en su mirada que Eleanor reconocía demasiado bien.

«Avaricia», le susurró la vocecita interior.

Eleanor se ordenó silencio. Estaba siendo muy dura e injusta. Debería alegrarse de ver a su hermana. Y se alegraba. Por supuesto que se alegraba.

—¿Vivi? ¿Qué haces aquí? ¿Va todo bien?

Vivi tardó unos instantes en mirar a su hermana. Estaba impresionada con la decoración del recibidor. Estatuas, flores y cuadros por todas partes. Y aquello solo era el recibidor.

—¿No eras tú la que debía estar mal?

—No parece que te haya pasado nada terrible —continuó Eleanor, tratando de ignorar el tono con el que había hablado su hermana.

Vivi la miró. Tenía las manos en los bolsillos de los pantalones vaqueros y su postura era una pizca agresiva. Eleanor lo ignoró también.

—Me dijiste que este lugar era un viejo mausoleo. Un montón de piedras en medio de la nada —Vivi alzó la barbilla y miró a su alrededor—. No lo parece.

—Fuiste tú la que dijo que era un montón de piedras —señaló Eleanor, tratando de hablar con calma—. Yo, simplemente, no discutí.

—No sabía que eras tan reservada, Eleanor. ¿Es un rasgo nuevo de tu personalidad?

—¿De veras pensabas que el Duque de Grovesmoor iba a vivir en un montón de piedras? —Eleanor forzó una sonrisa—. Teniendo en cuenta que es el propietario de media Inglaterra...

—Es curioso que hayas decidido dejar de contarme cosas ahora que trabajas en una casa tan elegante, ¿no crees?

Eleanor no podía negar que su hermana hablaba con tono agresivo, sin embargo, se obligó a mantener la calma. No confiaba en nada de lo que experimentaba en su interior.

Lo cierto era que desde que Hugo la había besado, no había vuelto a sentirse la misma. Quizá Vivi tenía razón y Eleanor se había vuelto reservada con ella. Nunca había hecho algo parecido.

«¿Cuándo te habías permitido tener una vida propia?», le dijo la vocecita interior. «¿O se te ha olvidado que has dedicado toda tu existencia a cuidar de Vivi? A ella no le gusta imaginar que eso haya podido cambiar».

Era posible que a Eleanor tampoco le gustara.

—Si no te lo he contado no ha sido por un motivo perverso —dijo ella—. Creía que lo sabías todo acerca de este empleo. Fuiste tú quién me recomendó que me presentara a la entrevista.

—Suponía que él habría enviado a la niña a una casa rural. No a un lugar como este.

Eleanor no salió en defensa de la niña. Y tampoco indagó sobre qué era una casa rústica para Vivir. Mucho menos se preguntó por qué consideraba correcto que ella tuviera que vivir en un lugar mucho menos agradable que Groves House. Porque Vivi no hablaba en serio. Simplemente decía todo lo que pasaba por su mente. Era parte de su personalidad y, después de todo, Eleanor se sentía muy agradecida por cada instante desde que Vivi sobrevivió al accidente de coche que se había llevado a sus padres.

Estiró la mano para colocarla sobre el hombro de Vivi, pero ella se retiró.

–¿Qué ocurre, Vivi? –le preguntó.

Y no se sorprendió al ver que a Vivi se le humedecían los ojos de emoción. De pronto, volvía a estar en terreno conocido. Vivi tenía problemas y Eleanor buscaba una solución. Así era como funcionaba siempre.

–Todo va mal –comentó Vivi–. El alquiler no está pagado. Se ha agotado el crédito de la tarjeta. El apartamento está hecho un desastre. No encuentro nada y, lo que encuentro, está sucio y ya no sé qué hacer al respecto

–¿No has pagado el alquiler? ¿Y has superado el crédito de la tarjeta? –Eleanor la miró asombrada–. Si te dejé dinero...

–Y eso no es lo peor. Peter le ha pedido a Sabrina que se case con él –Vivi miró a Eleanor como si tuviese que tener una respuesta para su problema. Al ver que su hermana solo pestañeaba, resopló con frustración–. Peter, Eleanor. El único hombre que ha sido crucial para que yo fuera feliz, al menos desde lo que recuerdo.

–Desde lo que recuerdas... –repitió Eleanor.

–Bueno, desde el mes pasado. Hemos sido muy cercanos.

–¿Y con «el mes pasado», te refieres al mes durante el que yo he estado aquí, en esta casa alejada del mundo, dando clases a una niña de siete años?

–La cosa es que todo el mundo pensaba que yo tenía una oportunidad –se quejó Vivi–, pero ha elegido a Sabrina. Ella no es mejor que las demás, y ¿qué más da que su padre tenga mucho dinero? Todo ha salido mal –Vivi miró a Eleanor un momento–. Así que he decidido que había llegado el momento de desaparecer. Pensé que estaría bien venir a refugiarme aquí contigo.

–Vivi –dijo Eleanor–, ¿qué has hecho?

Vivi se encogió de hombros.

–Algunas personas tienen que aprender a reírse un poco, eso es todo.

Eleanor se percató de que seguían en el recibidor y era consciente de que en Groves House siempre había alguien escuchando y de que nadie tenía por qué enterarse de lo que había hecho Vivi.

Aunque si había empleado sus trucos habituales y salía en la prensa, era posible que se enterara toda Inglaterra. Por supuesto, para Vivi eso sería un nuevo éxito.

–Vamos –dijo Eleanor–, este no es buen sitio para hablar –agarró a su hermana del brazo–. Iremos a un sitio más privado.

Vivi no demostró que tuviera ninguna prisa cuando empezó a caminar, con su hermana agarrándola del brazo. Eleanor no sabía por qué estaba enfadada. Aquello no era una novedad. Vivi era así. Nunca pensaba las cosas. El alquiler, la tarjeta de crédito, el nuevo novio... Esperaba que todo el mundo girara a su alrededor, tal y como Eleanor solía hacer.

Groves House no era lugar para Vivi. Eleanor no podía permitir que su hermana se llevara...

De pronto, se sintió avergonzada. Allí no había nada que fuera suyo. Nada que su hermana pudiera llevarse. Una hermana a la que le daría todo si tuviera la oportunidad. La hermana que había sobrevivido al accidente y evitado que Eleanor se quedara sola.

Eso era lo que iba diciéndose cuando dobló la esquina del pasillo que llevaba hasta sus habitaciones y se encontró con Hugo.

En ese mismo instante, supo quién era ella. Y comprendió las emociones que llevaba negándose todo ese tiempo. En especial, después de lo que había sucedido una semana antes en la biblioteca.

Allí, en el pasillo, no existía más que la verdad.

Eleanor no quería que Vivi conociera a Hugo, y habría hecho todo lo posible por evitarlo.

No quería que Hugo posara la mirada sobre su hermana, una mujer que atraía a los hombres como él.

«O que lo intenta, al menos».

Era demasiado tarde.

Vivi reconoció a Hugo al instante y, de pronto, cambió todo su lenguaje corporal. Sus ojos se oscurecieron una pizca y no pudo evitar soltar una risita.

Hasta ese momento, Eleanor nunca había deseado darle una bofetada.

—Señorita Andrews, no tenía ni idea de que las institutrices podían reproducirse así, sin más —comentó Hugo—. Es extraordinario.

Eleanor vio que Hugo miraba a su hermana y se sorprendió al ver que después volvía a mirarla a ella. Quizá trataba de buscar una explicación acerca de por qué la había besado si podía haber besado a una mujer como Vivi.

—Excelencia, permítame que le presente a mi hermana Vivi —comentó Eleanor.

—Adelante —dijo Hugo, con ironía—. Si piensa que debe hacerlo.

Eleanor frunció el ceño y miró a su hermana, que parecía incapaz de contener esa risita.

«Tranquila», se dijo Eleanor. Hugo era un hombre abrumador y cualquier persona reaccionaría de forma imprevisible ante él.

—Es un placer para mí, Excelencia —intervino Vivi, y pestañeó mirando a Hugo—. Yo que pensaba que todos los duques de la tierra tenían más de cincuenta años.

—Es lo que parece —contestó Hugo—. El servilismo es lo que marca la edad de un hombre, no el título.

Eleanor lo miró un instante y dijo:

—Si nos disculpa. He de mostrarle a mi hermana mis habitaciones y regresar a mis quehaceres.

—Estoy seguro de que Geraldine puede arreglárselas sola —dijo Hugo.

—¿Ha estado con ella supervisando la lectura, Excelencia? No sabía que se había tomado tanto interés.

—He estado supervisando mis cuentas. Ahora sé que tengo un montón de niñeras demasiado bien pagadas. La niña está muy bien. Como siempre.

Vivi se rio, a pesar de que a Eleanor le parecía que no había nada divertido.

—Ha de perdonar a mi hermana, Excelencia —dijo

Vivi con alegría–. Siempre está tan seria. Siempre lo ha estado. No le sorprenderá saber que su color favorito es el gris.

Eleanor se recordó que no había motivos para ello, pero eso no evitó que se sintiera traicionada. De todos modos, no tenía sentido discutir con Vivi.

–Mi color favorito no es el gris –Eleanor se sorprendió al oír sus propias palabras–. Al contrario, prefiero el rojo fuerte, pero resulta que una no puede ir toda la vida vestida como un cardenal.

Vivi la miró con frialdad y Eleanor actuó como si no la hubiera visto.

Estaba segura de que Hugo sí la había visto. Y también de que Vivi estaba a punto de acercarse a él y quedar como una idiota.

Eleanor no podía culparla. Ella también había hecho el idiota con él.

Hugo era abrumador. Ese día parecía una estrella del rock. Su cabello oscuro y desordenado provocaba que ella quisiera acariciárselo. Sus ojos oscuros brillaban con humor e ironía. Iba vestido con otra de sus camisetas viejas que resaltaban su torso perfecto y no dejaba nada para su imaginación, también llevaba unos vaqueros que marcaban todas las zonas equivocadas de su cuerpo.

No obstante, Eleanor estaba casi segura de que lo único que Vivi veía en él eran billetes.

–Si quiere vestirse de rojo, no tengo objeción –dijo Hugo, entre risas–. No necesita llevar uniforme, señorita Andrews. Espero que la señora Redding no la haya confundido al respecto.

–Ay, tonta –intervino Vivi. Aunque miraba a Hugo estaba hablando con Eleanor–. Ya sabes que el rojo no te queda bien.

Hugo miró de nuevo a Vivi y Eleanor se alegró porque se sentía dolida. O avergonzada, si era sincera consigo misma.

¿De veras había pensado que podía ser algo más, aparte de pura diversión, para un hombre como aquel?

Sabía muy bien cómo funcionaba el mundo. Había razones para que Vivi fuera la que encajaba entre la gente como Hugo, y no solo era porque fuera más guapa y delgada, también porque resplandecía en dichas situaciones. Era como si robara toda la luz de la habitación.

Los hombres como Hugo estaban destinados a juntarse con mujeres como Vivi. Las mujeres como Eleanor estaban destinadas a ser exactamente lo que ella era en Groves House: una empleada. Estaba bien. Hacía mucho tiempo que había aceptado que su lugar estaba en la sombra. No sabía qué le había pasado durante las seis semanas que había pasado en aquella casa, con tan solo una niña de siete años con la que hablar. Había empezado a creer en los cuentos de hadas que le leía a Geraldine. O al menos, se había sentido tentada de hacerlo.

Incluso había permitido que Hugo la tocara.

Y ella sabía, todo el mundo sabía, que él era un hombre que jugaba con los demás. ¿Qué importaba que dijera que en los periódicos mentían acerca de él? Eso era lo que él decía.

Eleanor no comprendía cómo había sido capaz de sentir tantas cosas al mismo tiempo y mentirse sobre ello. Porque si Hugo no la afectaba, tal y como ella decía, nada de lo que Vivi hiciera o dijera debía molestarla.

Y ese era el problema. Sí le molestaba.

—Debe traer a su hermana a cenar con nosotros, señorita Andrews —dijo Hugo—. En mis aposentos privados. Esta noche.

—Sería un placer, Excelencia —repuso Vivi, pero Hugo ya se estaba alejando.

—No hace falta responder —le dijo Eleanor—. Es el duque y está en su casa. No era una invitación, era una orden.

Empezó a caminar y Vivi la siguió. Eleanor se percató de que su hermana se estaba riendo en bajito y decidió ignorarla.

Al llegar a su habitación, abrió la puerta y dejó pasar a Vivi.

—¡Madre mía! Esto va mejorando por momentos —comentó Vivi en tono acusador y mirando a su alrededor.

Eleanor sintió que se le encogía el corazón. Se sentía culpable.

Y sabía por qué.

Su hermana habría acudido allí enseguida si hubiera sabido la opulencia que había en Groves House. Y habría dado cualquier cosa por conocer al Duque de Grovesmoor. Eleanor no terminaba de comprender por qué no le había contado a Vivi, desde un principio, que Hugo estaba en la casa.

–Te gusta.

Eleanor miró a Vivi enseguida y vio que estaba apoyada en la puerta del baño.

–No seas ridícula –le dijo–. Es mi jefe.

Vivi negó con la cabeza.

–¿Por que otra razón me habrías mentido?

–No te he mentido, Vivi. Y todavía no me has contado el verdadero motivo por el que estás aquí.

–Te echaba de menos.

–No creo –dijo Eleanor–. Has montado escándalos y te has gastado todo el dinero en otras ocasiones y no te has subido a ningún tren. ¿Cuál es la diferencia esta vez?

–No quiero hablar de Londres. Es muy aburrido. Lo que no es aburrido es que tú estés aquí con Hugo Grovesmoor. Algo que me has ocultado, noche tras noche. Si eso no es una mentira, no estoy segura de qué es lo que es.

–Estabas convencida de que no me encontraría con él. Y no veía motivos para contarte sus idas y venidas, porque apenas sé cuándo lo veré. O si lo veré.

Vivi sonrió y no dijo nada más.

–¿Y por qué he tenido que estar durmiendo en un cuartucho asqueroso mientras tú estaba viviendo como la alta burguesía?

–Estas son las habitaciones de la institutriz –dijo Eleanor–. Esto es lo que un duque considera un cuartucho.

–Tienes un gran problema, hermanita –añadió Vivi–. Sé que tienes que trabajar –continuó–, así que, entretanto, me daré un buen baño.

Eleanor permaneció allí de pie durante largo rato, después de que su hermana desapareciera. Mientras oía el agua correr, trató de recuperarse e intentó recordar a la persona que había sido ella antes de llegar a aquel lugar. Antes de que Hugo la tocara.

Decidió que todo había terminado. Que había llegado el momento de recordar que había ido allí para ganar dinero. Vivi era el tipo de mujer que se juntaba con hombres como Hugo. Y por un buen motivo. Era el tipo de mujer que montaba escándalos y salía en los periódicos.

Era alguien

Eleanor nunca había sido alguien.

Después, se obligó a marcharse de allí. Cerró la puerta de sus habitaciones y se dirigió a buscar a Geraldine. Vivi no debería haber ido allí, pero lo había hecho. Y encima se había encontrado con el duque nada más llegar, de modo que él podía haberlas echado a las dos.

No obstante, no lo había hecho. Y Eleanor sabía por qué.

Y si había algo alojado en su corazón, que hizo que se le partiera en ese mismo instante, Eleanor trató de convencerse de que no era nada.

Nada nuevo.

Nada importante.

Capítulo 9

HUGO no podía dormir.

Puesto que era un hombre que no tenía mucho cargo de conciencia, era un tema que no solía causarle problemas. No obstante, no era que sus principios lo mantuvieran despierto, no.

Era Eleanor.

Eleanor, la mujer de la que había llegado a depender durante las semanas anteriores. Su desaprobación. Las palabras irrespetuosas que salían de su boca. Esa misma boca que Hugo había besado y que lo había cautivado más de lo que le gustaba reconocer.

Tenía la terrible sospecha de que el hechizo perduraría para siempre. Aunque él no solía pensar en esas cosas. Si se negaba a pensar en la siguiente semana, ¿cómo iba a pensar en el resto de su vida? O en algo parecido al «para siempre».

No obstante, la Eleanor que creía que había conocido durante los días anteriores, había desaparecido esa noche.

Ella se había mostrado ausente cuando él se encontró con ella y con su hermana en el pasillo, junto a los salones de verano, de camino al ala infantil. Ya no era la mujer feroz que lo había vuelto loco y en su lugar había una mujer tranquila y distante, como si estuviera tratando de desaparecer de donde estaba.

Hugo lo odiaba.

Nunca había visto a Vivi Andrews antes, sin embargo, era como si la conociera porque había conocido a muchas mujeres como ella. En menos de dos minutos encontró toda la información que necesitaba sobre Vivi Andrews en el ordenador, y todos los escándalos que había montado junto a personas de la aristocracia. Cuanto más leía sobre ella, menos comprendía acerca de Eleanor. ¿Cómo podía ser tan sincera y formal cuando Vivi era todo lo contrario?

Vivi, la hermana pequeña de Eleanor era el tipo de mujer con las que él solía salir. Le sorprendía que Eleanor estuviera manteniéndola económicamente cuando Vivi lucía ropa de marca, como la que llevaban las mujeres de su clase. Ropa cara, donde una camiseta podía costar más de seis mil libras. Vivi le había mostrado quién era de verdad durante su primer encuentro, con sus sonrisas y su exagerado batir de pestañas, que hacía que pareciera que estuvieran en una discoteca en lugar de en el pasillo de su residencia. Durante la cena, Vivi se había comportado de la misma manera, mientras que Eleanor parecía apagada. Vivi se mostraba convencida de que era una mujer bella y estupenda, cuando la realidad era que había motones de mujeres como ella. Su hermana era bella de verdad, pero él estaba seguro de que Vivi no era capaz de darse cuenta.

No se parecía nada a Isobel, sin embargo, resultaba imposible no darse cuenta de sus semejanzas. Hugo recibía las atenciones de Vivi como siempre había recibido las de Isobel, experimentando un sentimiento de vergüenza, como si por el hecho de que una persona como ellas mostrara interés por él, lo convirtiera en una persona del mismo tipo.

Después de todo, había sido así. Con el tiempo, él se había convertido en lo que Isobel había querido.

—Me sorprende que sean hermanas —comentó él durante la cena.

Eleanor estaba más seria que nunca. Llevaba el cabello recogido en un moño muy tenso y se había vestido de negro como si estuviera de luto, algo que él dudaba que no hubiera hecho a propósito.

—No sea tonto, Excelencia —le había dicho Vivi. Ella lucía un vestido que parecía más apropiado para una discoteca del centro de Londres que para el comedor de la residencia de un duque. Y estaba claro que lo que quería era lucir toda la piel que el vestido dejaba al descubierto—. Todo el mundo dice que parecemos casi gemelas.

—Nadie nos ha dicho eso. Nadie, Vivi. Nunca —le dedicó una gélida sonrisa a Hugo—. Mi hermana y yo somos muy conscientes de nuestras diferencias, Excelencia. Y elegimos disfrutar de ellas.

Vivi soltó una carcajada. Tal y como continuaría haciendo el resto de la noche. Era evidente que ella se imaginaba que estaba siendo animada y divertida, o todo lo que las mujeres como ella se dijeran para justificar su comportamiento.

Vivi estuvo hablando sin parar y Hugo observó cómo Eleanor iba desapareciendo. Allí, frente a él. Ella simplemente... desapareció.

Hugo se inquietó. Y experimentó algo mucho más oscuro y peligroso.

Se encontraba paseando por sus pasillos, mirando los retratos de hombres que se parecían a él, y preguntándose por qué los problemas de una institutriz y de su familia lo afectaban de esa manera.

En realidad, no se lo estaba preguntando. Lo sabía.

Ver como Vivi creaba un personaje soso y nada atractivo para Eleanor, mientras ella estaba allí sentada sin defenderse era exasperante. Y también le resultaba familiar.

Era lo que Isobel había hecho con él.

Hugo estaba en el gran salón, mirando caer la lluvia por la ventana, cuando oyó un ruido detrás de él. Hugo se volvió y, por un momento, no pudo decir si se estaba imaginando lo que veía o si era real.

¡Cómo deseaba que fuera real!

Eleanor iba descalza. Llevaba una especie de batín que dejaba la mayor parte de sus piernas al descubierto y Hugo no pudo evitar preguntarse qué llevaría debajo. No obstante, lo que provocó que sintiera una fuerte presión en el pecho era que, por fin, llevaba el cabello suelto. Su melena oscura y

brillante caía sobre sus hombros, en lugar de llevarla recogida con tanta tensión como otras veces.
Su aspecto era mucho más delicado. Más dulce.

«Mía», pensó él al instante.

La deseaba tanto que pensó que era un sueño.

Hasta que ella se detuvo y lo miró directamente,
como si no lo hubiera visto hasta ese mismo instante.

–¿Se oculta entre las sombras, a propósito? –le
preguntó ella, e incluso su voz era diferente a media noche. Más suave. Menos retadora y más parecida a una caricia.

–Es mi salón, y mi sombra –contestó Hugo–.
Supongo que no puedo esconderme, usted debería
saber que puede encontrarme en cualquier lugar de
la casa.

Eleanor no contestó. La expresión de su rostro
era muy tensa, como si estuviera a punto de de-
rrumbarse. Él no podría soportarlo. Él le había dicho que aborrecía las lágrimas, y que se alejaría de
ella si se pusiera a llorar.

Sin embargo, se encontró moviéndose hacia ella,
mirándola como si esperara que echara a correr en
cualquier momento.

–¿Por qué me mira así? –preguntó Eleanor.

–No debería permitir que su hermana la trate así
–dijo él, con más seriedad de la debida. No fue capaz de hacer nada para evitarlo, ya que todo su esfuerzo iba dedicado a controlar sus manos para no
tocarla.

–No conoce a Vivi. Mi hermana no siente nada

de lo que dice. Hay personas que no piensan antes de hablar.

–Se equivoca –dijo Hugo, deteniéndose a poca distancia de ella. Hugo esperaba que Eleanor se retirara o que enderezara la espalda y lo mirara de forma desafiante–. Sale veneno de cada una de sus palabras. Y usted se lo cree. Tarde o temprano, se creerá todo lo que le dice.

Eleanor negó con la cabeza, aunque su mirada se volvió turbia.

–Vivi es joven. Madurará.

–¿Es qué? ¿Más o menos un año menor que usted?

–No comprendería al tipo de gente con el que se mueve. La maldad es un deporte. Cuando no trata de imitar a esas personas, es un encanto.

–Conozco muy bien la historia –le dijo Hugo–. He oído todas esas excusas antes. Yo mismo solía creérmelas.

–Usted no tiene una hermana. Y no puede comprenderlo. Estuve a punto de perderla cuando perdí a mis padres. ¿A quién le importan unas palabras sin sentido?

A Hugo sí. Y el tono de voz de Eleanor sugería que a ella también. Aunque no quisiera admitirlo.

–Tuve un buen amigo –dijo Hugo–. Y, a pesar de que nos conocíamos desde la cuna, acabé perdiendo a Torquil por culpa del mismo veneno que me convirtió en malvado ante los ojos de la gente. Ese es el problema con el tipo de odio que muestra su hermana. No desaparece.

–Isobel –susurró Eleanor.

A Hugo no le gustó oír el nombre en boca de Eleanor. Como si solo con mencionarlo ella pudiera envenenarse.

–Isobel y yo estuvimos saliendo dos semanas –dijo con amargura–. Solo dos. Fue una relación puramente física. Yo era muy joven y cuando me di cuenta, rompí con ella.

–No lo comprendo –dijo Eleanor, mirándolo a los ojos.

–Por supuesto que no lo comprende. Le aseguro que yo tampoco. A Isobel no le gustaba que yo no quisiera una relación seria cuando ella quería que se convirtiera en algo más. Y puesto que no comprendía por qué debía aceptar una realidad que no le gustaba, se inventó su propia realidad.

–No querrá decir que... –Eleanor respiró hondo y su cabello se movió sobre sus hombros.

Hugo no se contuvo y le acarició la melena. Estaba cálida y suave, tal y como él imaginaba. Cuando terminó de acariciarle el cabello, se quedó con un mechón en la mano, como si lo necesitara. Como si fuera un talismán.

–Al principio, solo era tristeza –no le gustaba hablar de aquello y se dio cuenta de que nunca lo había hecho.

¿A quién podía habérselo contado? Todo el mundo había sacado sus propias conclusiones.

–Ella aparecía donde yo estaba y, enseguida, publicaban una fotografía nuestra en los periódicos, especulando acerca de si habíamos vuelto o no. Al principio no me di cuenta de que era ella misma la que llamaba a los *paparazzi*. Al cabo de un tiempo, la cobertura de la noticia adquirió un tono más oscuro.

Hugo no sabía qué esperaba de Eleanor. Quizá un rechazo inmediato. Después de todo, Isobel siempre había sido maravillosa y lo único raro que había hecho en su vida, según los medios, era salir con un monstruo como Hugo. Él no se habría sorprendido si Eleanor hubiera discutido con él. Si hubiera tratado de negar la historia que le estaba contando.

Eleanor no dijo ni una palabra, simplemente lo miró a los ojos, dispuesta a escuchar.

Nadie había tenido ese detalle con él. Hugo experimentó una sensación aguda en un lugar muy cercano a su corazón, pero no tenía nombre para ella.

—A medida que pasaba el tiempo, Isobel se volvió más y más inestable. Se juntó con Torquil, pero no le pareció suficiente, porque sabía que eso no me haría daño. Si él quería estar con ella, a mí tampoco me afectaba, y eso era lo que ella no soportaba. Fue cuando convenció a mi amigo de toda la vida de que yo abusaba de ella en la intimidad, cuando pensé que su único objetivo era hacerme daño. Fuera como fuera.

—Si no le importaba y no tenía una relación con ella, ¿cómo podía herirlo? —preguntó Eleanor—. Ya sé, el hecho de que su amigo lo traicionara resultaba doloroso.

Hugo se encogió de hombros.

–A veces las mujeres se interponen entre los amigos. Yo no estaba preocupado. Pensaba que él se daría cuenta con el tiempo.

–No puedo decir que comprenda lo que uno siente cuando se publican mentiras sobre su persona en los periódicos –dijo ella.

–Era mi padre.

Ya estaba. La pequeña verdad que Hugo nunca le había contado a nadie más que a Isobel, había salido a la luz. No solo no la había contado porque no tenía a nadie más a quien contársela, sino porque al hablar de ella le otorgaba más poder. Y Hugo no quería darle a Isobel esa satisfacción... Ni siquiera muerta.

–Yo era lo único que él tenía –al hablar notó que se resquebrajaba por dentro–. Y lo decepcioné.

–Estoy segura de que está equivocado. Quizá creía que él pensaba de esa manera.

–Yo sé lo que pensaba, pequeña. Él me lo dijo. Mi padre estaba dispuesto a aguantar ciertas tonterías, pero esperaba que mi comportamiento zanjara puesto que iba a convertirme en el Duque de Grovesmoor. Entonces, conocí a Isobel y ella comenzó su campaña contra mí.

–Seguro que su padre no creía lo que decían los periódicos.

–Por supuesto que no. Mi padre nunca perdería el tiempo con esa basura. El problema no eran los periódicos, sino que todo el mundo creía lo que leía y, al final, la gente hablaba mal de mí hasta en su propia casa. Delante de él.

–¿Quién iba a hacer algo así? –preguntó Eleanor–. ¿Y su padre cómo iba a creer a alguien que
despotricaba de su hijo delante de él?

Era una buena pregunta, y Hugo deseó poder
preguntársela a su padre.

–A veces los rumores son peores que el hecho en
sí –contestó–. Los hechos pueden demostrarse o no,
los rumores perduran para siempre. Y con el tiempo,
uno se da cuenta que vive según lo que se rumorea
de él. Aunque sea en contra de su voluntad.

–¿No había nada que pudiera hacer? ¿No podía
contar la verdad?

–Ese es el problema de los rumores, pequeña
–murmuró Hugo–. Son más creíbles que la verdad.
Mi padre era un hombre de mundo. Él también pro-
tagonizó varios escándalos en su momento. Para él
no tenía sentido que una chica como Isobel, que
podía salir con cualquiera, perdiera el tiempo fin-
giendo tener una relación con un hombre que no la
quería. Y creo que descubrirá que hay más gente
que opina lo mismo.

–Seguro que podía demostrarlo.

–¿Cómo? Donde hay humo, la gente cree que
hay fuego. Y cuanto más arde el fuego, más se cree
que has debido de contribuir de alguna forma a que
se haya prendido, ya que, si no, lo habrías apagado.
Isobel no tenía intención alguna de dejarlo morir.

Hugo recordó la tarde en Santa Bárbara durante
la que Isobel le había dicho con una sonrisa:

«Siempre serás mío, Hugo. Siempre. Da igual lo

que hagas o dónde vayas, todos te mirarán y pensarán en mí».

–Me sorprende que no saliera con ella solo para que se callara –dijo Eleanor, con tono furioso–. Solo para que parara de una vez.

–Pensé en ello, pero no quería estar cerca de ella. Y después, llegó Geraldine.

–Nada de esto es culpa suya –dijo Eleanor.

–Por supuesto que no. Nunca la trataría mal por todo esto.

–Pero...

–Pero no me importa que el mundo crea que lo hago –negó con la cabeza–. Antes de Geraldine, fue Isobel y su embarazo. Y créame, lo utilizó bien utilizado. Le contó a mi padre que la niña era mía.

–Lo había dejado. Se había casado con su amigo. ¿Cómo podía ser suyo?

–Isobel no me dejó. Nunca estuvimos juntos, pero ella le contó a mi padre que sí. Y después le dijo que me había negado a cumplir con mi deber. Que le había dicho que se deshiciera del bebé. Que yo era el monstruo que ella había contado que era en los periódicos.

–Debía haber pedido una prueba de paternidad.

–Lo hice –repuso Hugo–, pero mi padre murió antes de poder enseñarle el resultado. Tuvo un fallo cardiaco y no se recuperó. Creo que el disgusto lo mató, aunque los médicos lo explicasen, en otros términos.

Se había olvidado de que estaban en medio del salón. Solo podía ver a Eleanor y la expresión de susto que tenía en el rostro. Como si solo estuvieran ellos dos en el mundo, como si lo que él le estaba contando fuera algo más que una simple historia.

Hugo comprendió que él le estaba contando la historia del hombre más odiado de Inglaterra y ella lo estaba creyendo.

Ella lo creía.

Entonces, Eleanor se puso de puntillas y colocó las manos sobre el torso de Hugo. Una de ellas, justo sobre su corazón lastimado.

—Lo siento, Hugo —susurró—. Me avergüenzo de haberme creído todas esas historias también.

Hugo la miró y le cubrió la mano con la suya.

—¿Sabes que eres la única persona que conozco que se ha disculpado? Y encima eres las que menos daño me ha hecho.

—Te he hablado como si te conociera. Como si todas las historias que he leído fueran la verdad, cuando no podía ser. La verdad nunca es blanca o negra. No hay héroes, ni malvados, solo personas.

—Quizá, pero también hay más Isobeles en el mundo. Molestan a otros porque pueden hacerlo. Y les da placer. Eleanor, tu hermana es una de ellas.

Eleanor trató de retirar la mano, pero Hugo la retuvo.

—No lo comprendes —comentó ella.

—Sí —Hugo se acercó hasta que apenas quedaba espacio entre ellos—. Esta noche vas descalza, llevas el cabello suelto, toda tú eres delicada y femenina.

—No esperaba encontrarme con nadie vestida con lo que llevo para dormir.

Hugo le cubrió los labios con la mano y sonrió.

—Eleanor, ¿quién te ha dicho que ser delicada y femenina sea algo malo?

—No es malo, pero no soy así —frunció el ceño—. Es cruel por tu parte fingir que no te has dado cuenta, después de conocer a Vivi. La guapa no soy yo. Nunca lo he sido.

—Tu hermana es guapa, sí —dijo él—. De un modo que, supongo, atrae a cierto tipo de hombres. ¿Y tú? —le acaricio el rostro antes de acariciarle la nuca—. ¿Cómo puedes no darte cuenta de lo bella que eres? ¿Despampanante? No hay comparación.

A Eleanor le brillaron los ojos y le temblaron los labios de la emoción.

—No tienes que mentirme, Excelencia —susurró.

Y Hugo no sabía qué hacer con una mujer que creía que él era mucho mejor hombre de lo que nadie había creído en años, pero no creía que ella fuera la criatura más bella que él había tenido entre sus brazos.

Así que, hizo lo único que podía hacer. Besarla.

Capítulo 10

ERA como bailar.

Eleanor no estaba segura de si debía dejarse llevar por lo que parecía un cuento de hadas, pero él la estaba besando y no era capaz de pensar en nada más.

No quería pensar en cómo había salido de su habitación después de dar vueltas en la cama durante horas, consciente de que no iba vestida como una institutriz o una invitada debía vestir, pero sabía que necesitaba hacer algo con el dolor y el sentimiento de traición que había experimentado después de la cena. Así que, pensó que era buena idea pasear por Groves House. Con la melena suelta. Descalza.

¿Era eso lo que iba buscando?

No le importaba, porque era como si estuviera bailando.

Hugo la besaba sin parar mientras le acariciaba el cuello y la espalda. Finalmente, la sujetó por las caderas y la estrechó contra su cuerpo.

—No consigo saciarme de ti —murmuró Hugo contra sus labios, como si decirlo, le resultara doloroso—. No lo consigo.

Entonces, la tomó en brazos.

Eleanor sabía que debería haberse quejado. Al fin y al cabo, ella era su empleada.

Y él era Hugo Grovesmoor. Y Vivi estaba allí, en la casa, pero él no la había elegido.

Había elegido a Eleanor. La había llamado bella y la había besado, después de haber conocido a Vivi.

Por primera vez en su vida, alguien había elegido a Eleanor.

Hugo la llevó en brazos por la casa. Eleanor no sabía qué hora era, pero deseaba que la noche durara para siempre.

Apoyó la cabeza sobre el hombro de Hugo y permitió que la llevara hasta sus aposentos. Atravesaron pasillos y subieron escaleras, pero, en esa ocasión, él no la llevó hasta la biblioteca, ni hasta aquel comedor donde ella había pasado toda la noche sintiendo que no existía.

De pronto, allí estaban, en un salón privado de decoración masculina, muebles de madera oscura, grandes cuadros y alfombras tupidas. También había una gran chimenea que recordaba a los castillos medievales.

A medida que Hugo se adentraba hasta su dormitorio, Eleanor notaba que se le iba acelerando el corazón.

Hugo se detuvo junto a una enorme cama, donde colocó a Eleanor como si fuera lo más preciado que tenía

Eleanor se estremeció. Se sentía muy frágil y no

recordaba que nadie la hubiera tratado así anteriormente, como si fuera importante. Suponía que sus padres lo habrían hecho, pero ella no lo recordaba. En sus recuerdos, era ella la que siempre cuidaba de otras personas.

Levantó la cabeza para mirar a Hugo y vio que él la estaba mirando con deseo. Él la hacía sentir como si estuviera bailando, a pesar de que estaba muy quieta. También la hacía sentirse pequeña, pero de la mejor manera.

Lo cierto era que él hacía que se sintiera como el tipo de chica que nunca había sido. Animada, desenfadada. Encantadora.

Hugo la hacía sentir como ella siempre había imaginado que se sentiría una mujer como Vivi.

Todavía no podía creer que fuera ella la que estaba sentada en la cama del duque. Que hubiera sido la elegida en lugar de Vivi.

Era su oportunidad para disfrutar de lo que nunca había disfrutado antes. De ser esa chica con la que había soñado en varias ocasiones.

—Podría decirte que no muerdo, pequeña —comentó Hugo con una sonrisa—, pero sería mentira.

—No te tengo miedo.

—No, tú no. Y ese es uno de los motivos por los que me gustas tanto. Aún así, me estás mirando como si esperaras que fuera a comerte viva.

—Ah —dijo Eleanor—, pensaba que eso era precisamente lo que ibas a hacer.

Hugo respiró hondo.

—Me vas a matar —murmuró.

La rodeó por la cintura y la movió hasta el centro de la cama antes de colocarse sobre ella.

—Respira –le dijo.

—Estoy respirando –susurró ella.

—Asegúrate de que no paras –le ordenó–. No he matado a ninguna virgen todavía.

Y Eleanor se alegró de que él lo supiera. De que ella no tuviera que hacer ninguna confesión. De que Hugo no pareciera interesado en por qué seguía siendo virgen a los veintisiete años. Solo parecía interesado en la mujer que tenía bajo su cuerpo y a la que miraba como si fuera un regalo.

Eleanor se sentía segura con él. Y nunca había imaginado que eso fuera posible.

—Deja de pensar tanto, pequeña –le dijo él.

—Para ti es fácil decir eso –contestó ella.

—Es muy sencillo –sonrió él–. Si quiero que hagas algo, te diré cómo quiero que lo hagas. Si no, solo tienes que disfrutar y dejarte llevar.

Eleanor frunció el ceño.

—Parece algo muy egoísta.

—Eleanor, por favor, te prometo que no podrás ser más egoísta que yo.

Entonces, la besó de nuevo y Eleanor dejó de pensar al instante.

Hugo se tomó su tiempo.

La besó y la acarició por todo el cuerpo hasta que provocó que se contoneara de un lado a otro. Después, le retiró el batín que llevaba y la ropa interior y comenzó de nuevo.

En esa ocasión, empleó la boca también.

Le cubrió los pezones con los labios y succionó sobre ellos hasta que ella gimió. Jugueteó con ella, provocando que arqueara su cuerpo y gimiera una y otra vez. Entonces, cuando ella creía que no podía más, le cubrió la entrepierna con la boca.

Le acarició el sexo con la lengua. Aquello era mucho mejor que lo que le había hecho con los dedos en la biblioteca.

Era algo que Eleanor nunca había imaginado.

Y cuando llegó el momento, ella no temió y permitió que él la llevara al límite una y otra vez.

Cuando abrió los ojos de nuevo, Hugo se había desnudado y se estaba colocando sobre ella, sin dejar de mirarla a los ojos.

—Lo estás haciendo muy bien —le dijo.

A partir de entonces, Eleanor solo pudo pensar en las sensaciones que él le provocaba con su cuerpo. Colocó la mano entre ambos y le rodeó el miembro. Él respiró hondo y sus ojos brillaron de manera extraña.

Eleanor retiró la mano y dijo:

—No quería hacerte daño.

—No me has hecho daño. Te lo prometo. No hay posibilidad de que me hagas daño, pero espera un poco para eso.

Eleanor se percató de lo que estaba pasando. Hugo era un hombre fuerte, pero aún así se había estremecido con sus caricias. ¿Cómo podía habérselo imaginado?

Hugo se movió y colocó la punta de su miembro sobre los pliegues húmedos del sexo de Eleanor.

Empezó a moverse sobre ella, contra el lugar que más la hacía estremecer.

–¿Me dolerá? –preguntó ella.

–Terriblemente.

–¿Se supone que era para tranquilizarme?

–Me parece que eres una mujer que aprecia la verdad, Eleanor. ¿No es así?

–No puede ser tan malo, si no, la gente no lo volvería a hacer.

–Si ya lo sabes, ¿por qué preguntas?

Eleanor lo miró con el ceño fruncido. Abrió la boca para contestar y, en ese momento, él la penetró.

Eleanor se atragantó con sus palabras. Un intenso dolor se apoderó de ella. Un dolor que al instante se convirtió en una intensa sensación. No era dolor.

Se sentía desnuda, frágil y apreciada al mismo tiempo.

–¿Te ha dolido? –preguntó Hugo.

Eleanor movió las caderas una pizca. Y después, otra vez. Con cada movimiento, la sensación cambiaba, y se extendía por todo su cuerpo.

–Terriblemente –susurró ella.

Hugo sonrió. Y comenzó a moverse despacio en su interior.

Poco a poco, con delicadeza, fue aumentando el ritmo hasta que ella sintió que algo se abría en su interior, provocándole una inmensa sensación de felicidad.

–¿Qué diablos estás haciendo conmigo? –susurró él contra su cuello.

Y entonces, Eleanor vio la luz en su interior.

Él la había elegido. Y allí, bajo su cuerpo, empezaba a pensar que quizá también pudiera necesitarla.

No solo para pasar un buen rato. Él era Hugo Grovesmoor y podía tener a cualquier mujer para tener sexo. Sino porque ella era Eleanor.

Porque juntos, eran «ellos».

Y eso era lo más preciado de todo.

Con cada penetración, ella se lo creía cada vez más.

Y cuando se encontró al borde del precipicio, junto a él, comprendió que lo que sentía era amor.

Sobre todo, cuando Hugo la siguió gritando su nombre.

Capítulo 11

AL DÍA siguiente, era muy temprano cuando Eleanor se bajó de la cama de Hugo. Apoyó en el suelo sus piernas temblorosas, junto a la enorme cama en la que había aprendido muchas cosas sobre el placer.

Cosas maravillosas que todavía provocaban que se sonrojara al acordarse de ellas.

Le dolía todo el cuerpo. Incluso lugares que desconocía y que todavía ardían de placer, provocando que se sintiera como si se hubiera despertado en el cuerpo de otra mujer.

Pensó que debería sentirse avergonzada. Quizá lo haría más tarde, cuando asimilara toda la realidad. Desde luego, en aquel momento, no se arrepentía de nada.

Encontró la ropa que había llevado la noche anterior y se la puso, tratando de no recordar cómo se la había quitado Hugo.

Miró hacia la cama y vio a Hugo dormido en el centro. Había saboreado cada centímetro de su cuerpo. Había rodeado su miembro con la boca y había aprendido a darle placer. Él le había enseñado a colocarse a horcajadas sobre su cuerpo y la había poseído en esa postura. También le había enseñado todo lo que podía hacerle con las manos, y ella había intentado hacer lo mismo que él.

Eleanor no sabía que había tantas posturas para hacer el amor. Llegar al clímax a la vez, quedarse dormidos, despertar y empezar de nuevo...

Y estaba dispuesta a volverlo a hacer, siempre y cuando Hugo estuviera a su lado.

Hugo, el hombre que estaba tumbado boca abajo con los brazos extendidos. Que parecía más cercano cuando dormía. Que se consideraba el monstruo más grande de Inglaterra, solo porque todo el mundo lo consideraba así.

Todo el mundo, excepto Eleanor.

Ella se colocó el pelo tras las orejas y se obligó a darse la vuelta y dirigirse hacia la puerta. Dejar a Hugo allí era lo último que deseaba hacer, pero tenía que atender a una niña que se había visto abandonada y ya había sufrido bastante.

Y si había una parte de ella que no deseaba estar allí cuando Hugo despertara, era por puro sentido práctico. Quizá Hugo no había mantenido una relación con Isobel Vanderhaven, tal y como todo el mundo creía, pero eso no significaba que hubiera sido un santo.

Eleanor se negaba a ser la típica mujer virgen como la que había visto muchas veces en las películas. Del tipo que se enamoraba en cuanto un hombre se fijaba en ella y quedaba como una auténtica idiota.

Una vez en el pasillo, Eleanor avanzó deprisa.

Era temprano y pensó que todavía no habría nadie levantado en la casa, aún así, intentó llegar a sus habitaciones por la ruta menos frecuentada para que nadie la viera.

Nada más llegar a la puerta de su habitación, suspiró pensando en la enorme bañera.

–¿Dónde has estado?

Eleanor se sobresaltó al oír aquella voz. Enseguida reconoció a Vivi y trató de convencerse de que no debía sentirse culpable por nada.

Sin embargo, fue así como se sintió al ver a su hermana con los brazos cruzados y furiosa.

–A veces, cuando no puedo dormir, salgo a pasear por los pasillos –dijo Eleanor–. Al menos hago que se mueva la sangre

Vivi soltó una risita.

–No pretenderás que me crea tal cosa, ¿verdad? Soy tu hermana, no tu alumna de siete años.

–¿Qué haces aquí, Vivi? La habitación de invitados está al otro lado de la casa.

–He venido a buscarte. Quería pasar un rato contigo. ¿Y sabes qué? No has regresado durante horas.

–¿Querías pasar un rato conmigo a mitad de la noche? –preguntó Eleanor, sin esforzarse por disimular su escepticismo–. ¿Creías que iba a estar despierta? ¿O pensabas despertarme a pesar de que sabías que al día siguiente tenía que trabajar?

Eleanor sabía que no habría pasado nada si Vivi la hubiera despertado. Siempre había sido ese su papel. Y había sido ella la que había decidido mantenerse en él.

Siempre había deseado que la necesitaran, porque el amor era engañoso, y la gente moría y desaparecía. Si la necesitaban, se volvía indispensable.

–¿Crees que no sé dónde has estado? –preguntó Vivi–. ¿Cómo has podido hacerlo?

–No sé qué es lo que crees que he hecho –dijo Eleanor, enderezando la espalda–. A ti, nada.

Vivi negó con la cabeza.

–Con todo lo que he hecho por nosotras, Eleanor. Y ni siquiera puedes contarme la verdad.

–Creo que eso es injusto.

–Si tienes una aventura con el duque, deberías habérmelo dicho, así no me habría molestado en hacerme la tonta durante la cena de anoche. ¿O es que solo soy una diversión para entretenerte a ti y a tu amigo aristocrático?

–No tengo ningún amigo aristocrático, Vivi –dijo Eleanor con voz temblorosa–. Creo que ambas sabemos que tú eres el problema, no yo. Yo trabajo en Groves House. Tú estás de vacaciones. Hace años que decidimos que tenía sentido que te buscaras un marido rico y, desde entonces, lo único que has hecho es ir a fiestas y gastarte el dinero que yo gano. ¿Quién se divierte a costa de quién?

–Por eso dicen que es un monstruo –dijo Vivi–. Lo sabes, ¿verdad? Arruina todo lo que toca. Incluso nuestra relación.

De pronto, Eleanor sintió que había acabado con aquella conversación. Enderezó la espalda y recordó que era una mujer adulta. No tenía por qué ofrecer explicaciones.

Y tampoco necesitaba oír lo que su hermana opinaba de Hugo sin conocerlo.

–No necesito un interrogatorio, Vivi. Tengo que trabajar en un par de horas.

–No pensarás que... –comenzó Vivi a modo de reproche.

–Yo no te pido que rindas cuentas, ¿no? –contestó ella–. Yo quiero creer que todo lo que haces lo haces pensando en lo mejor para las dos. No comprendo por qué no puedes hacer lo mismo por mí.

Se dirigió al baño, esperando que Vivi la agarrara del brazo y montara un numerito, como había hecho otras veces en el pasado. Sin embargo, su hermana la miró y la dejó pasar.

Eleanor abrió el grifo y llenó la bañera actuando como si todo fuera normal. Como si siguiera siendo una mujer virgen, la misma mujer del día anterior.

Como si no hubiera pasado la noche con Hugo.

Por mucho que quisiera a su hermana, no deseaba compartir con ella lo que había pasado. Quería guardárselo para sí.

–Te comerá y te escupirá después –dijo Vivi desde la puerta–. Eso es lo que hace. Es como si fuera su trabajo, porque no tiene trabajo de verdad.

Eleanor no dijo nada, aunque se le ocurrían muchas cosas que decir. Simplemente, se acercó a la puerta y sonrió a su hermana.

–¿Estás preocupada por mí? ¿O hay algo más?

Vivi se sonrojó.

–Por supuesto que estoy preocupada por ti. ¿Qué más iba a haber?

—No me lo puedo imaginar.

—No estoy celosa, si es a lo que te refieres.

—¡No, por favor!

—Lo cierto es que conozco bien a los hombres como Hugo Grovesmoor Y tú no. He pasado años alrededor de ellos, mientras que tú...

—Sí —convino Eleanor—. Mientras que yo he estado en la sombra como la asistenta.

Vivi la miró.

—Si no te gusta tu vida, cámbiala. Yo te ayudaré, pero Hugo Grovesmoor no es el cambio, Eleanor. Es como una bomba atómica. Y comprendo que ahora estás excitada y pletórica, pero creo que no estás preparada para el daño que un hombre como él puede hacerte.

—Te quiero, Vivi. Y sabes que es verdad. Ahora tengo que prepararme para el resto del día.

—Yo también te quiero —contestó Vivi—. Y no te preocupes, voy a demostrártelo. Cuidaré de ti. Tal y como siempre he dicho que haría.

Eleanor no estaba segura de lo que eso significaba, pero sí estaba segura de que no quería saberlo.

Se metió en la bañera y permaneció allí hasta que llegó la hora de irse a buscar a Geraldine. Repasó las lecciones con la pequeña y habló con ella sobre lo que debía hacer mientras Eleanor estuviera fuera. Ya habían pasado seis semanas y Eleanor tenía unos días de vacaciones.

No vieron al duque en ningún momento, y Eleanor se alegró por ello. Necesitaba el día para recuperarse.

–Todo está bien –se dijo mientras subía las escaleras hasta sus habitaciones–. Como siempre.

No obstante, cuando entró en su dormitorio, Vivi la estaba esperando allí.

–Deberías haber pedido que te trajeran una cama.

–Creo que será mejor que recojas tus cosas, cariño –contestó Vivi–. Hemos de irnos esta noche.

–No es necesario –dijo Eleanor, y se sentó en una silla–. Podemos irnos por la mañana. Supongo que habrá más trenes.

–No lo comprendes –dijo Vivi, mirando de un lado a otro–. No vas a querer estar aquí por la mañana.

Eleanor descubrió que estaba cansada. Muy, muy cansada. Eso era lo que le sucedía a una persona que apenas había dormido por la noche, pero no se arrepentía.

–Vivi... No creo que...

–Te dije que cuidaría de ti y hablaba en serio –dijo su hermana–. Hay ciertos periódicos que pagarían cualquier cosa por tener una historia sobre Hugo, aunque fuera falsa.

Eleanor, se alegró de estar sentada...

–No... He firmado un contrato de confidencialidad. No puedo vender nada.

–Tú, no –dijo Vivi–, pero yo sí. No ha habido ninguna novedad respecto a Hugo desde hace años. Todo el mundo está harto de especular con el horror que le está causando a esa pobre niña. Una aventura con la institutriz es justo lo que necesitan, ¿no crees?

–Te lo prohíbo –soltó Eleanor, poniéndose en pie.

Vivi la miró unos instantes.

–Lo suponía.

–Suponías bien.

–Por eso no te he consultado. Ya está hecho, Eleanor. Tenemos quinientas mil libras en nuestra cuenta y no tendrás que decir nada. Ni hacer nada. Nuestros problemas han terminado. La historia se publicará mañana –Vivi ladeó la cabeza–. Y si yo fuera tú, no estaría aquí cuando él la lea.

Capítulo 12

ELEANOR lo había traicionado.

Lo que más le molestaba a Hugo era que, de algún modo, estaba sorprendido por cómo se habían desarrollado las cosas.

—Se han ido para tomar el último tren —le había dicho la señora Redding la tarde anterior cuando Hugo se rebajó a preguntar dónde estaba Eleanor—. Y añadiría que parecía ansiosa por disfrutar de sus vacaciones, si me lo pregunta.

—Nadie se lo ha preguntado —contestó Hugo con una sonrisa.

Eso había sido antes de que los periódicos publicaran las noticias de la mañana. Cuando todavía estaba deseando verla. El día anterior, al despertar, había visto que ella no estaba en su cama y se había sentido como si le faltara una pierna. Era como si hubiesen pasado cinco años durmiendo juntos, y su repentina ausencia resultaba dolorosa.

Dolorosa.

Hugo no comprendía nada. O quizá no quería comprenderlo. El día anterior, solo había deseado perderse en su inocencia. En su dulzura. En su aroma embriagador.

De algún modo, se había olvidado del cinismo cuando estaba con Eleanor.

Un imperdonable error.

Porque, en algún momento del día anterior, mientras él seguía en su cama rodeado de su aroma, Eleanor le había contado a su hermana lo que había sucedido entre ellos. Quizá le había explicado que su plan había funcionado. Y Vivi, había vendido la sugerente historia a los periódicos.

El duque más odiado de Inglaterra tiene escarceos sexuales con su institutriz.

Él mismo podía haberlo escrito.

Lo que le sorprendía era no haberlo hecho. Había bajado la guardia por primera vez, desde que Isobel lo había atrapado... Incluso le había contado a Eleanor la verdad. Como si pudiera confiar en ella.

Hugo no podía confiar en nadie. Nunca. ¿Cuánto tardaría en aprenderlo?

Lo cierto era que él les había proporcionado a Eleanor y a su hermana toda la munición que necesitaban. ¿Cómo era posible que no se hubiera dado cuenta?

Hugo trata a su institutriz como si fuera su harén privado.

Eso era lo que se decía en los periódicos.

No le importa nada la hija de Isobel, y prefiere mantener sexo salvaje en su residencia a cambiar pañales.

No era algo que no hubiera leído miles de veces. Ni siquiera estaba especialmente bien hecho. Aparecía una foto de Vivi, como si ella fuera la institutriz, junto a una de una mujer que parecía Eleanor. También fotos de Isobel y Torquil, y una de Geraldine gateando, con su cabello rizado, sin dientes y un pañal que debía cambiarse de inmediato, como si no hubiera crecido durante todos esos años.

Hugo se sintió tentado de llamar a Vivi Andrews y exigirle una parte del dinero que habría recibido por la noticia. No obstante, no podía hacerlo porque tendría que hablar fríamente de cuándo Eleanor y Vivi había decidido tenderle una trampa tan buena.

Además, tendría que hacerles la pregunta que no quería hacer, aunque deseara conocer la respuesta: ¿Cómo sabían que la inocencia de Eleanor haría que se arrodillara ante ella? Durante toda su vida las mujeres se habían tirado a sus brazos en busca de dinero, o de un artículo en el periódico. Él conocía bien todas las artimañas que podían emplear para cazarlo

Sin embargo, ellas habían elegido otra distinta y había funcionado.

Tenía muchas preguntas para Eleanor. Incluso se sentía tentado a preguntarle si había mentido acerca de su virginidad, pero no. Él lo sabía bien. Había estado allí. La traición era real, pero lo que pasó aquella noche, también. Igual que lo que había pasado entre ellos.

Hugo no recordaba cuándo había sido la última vez que se había rendido ante la autocompasión. Se dirigió a la biblioteca y miró las estanterías que Eleanor había estado a punto de tirar aquella noche de pasión. Esa noche, se sentía tentado a tirarlas él, con una botella de whisky y a cabezazos.

Porque no aprendía.

Era el monstruo que aparecía en todas las fantasías de Inglaterra y pagaba sus penas solo, en aquella casa.

Nada podría cambiar aquello. Ni el hecho de que su pupila fuera una niña sana y relativamente feliz.

Quizá había imaginado que todo había cambiado aquella noche, pero solo era una prueba más de que era un verdadero idiota.

—No hay nada nuevo en ello —murmuró—. Es la historia de mi vida.

Y estaba seguro de que también pagaría por ello.

De pronto, se abrió la puerta de la biblioteca y Hugo se volvió para ver quién era.

Al ver a Geraldine en la puerta, se sorprendió. La niña nunca iba a buscarlo sola, y menos allí. La pequeña solía mirarlo con suspicacia durante las cenas, pero esa noche lo miraba con el ceño fruncido.

La pequeña parecía malhumorada y decidida.

—Sí, ¿Geraldine? —la saludó desde la butaca que estaba frente al fuego, tratando de parecer un tutor de verdad y no el hombre malvado más famoso del mundo.

La niña arrugó la nariz y apretó los labios. Seguía con el ceño fruncido y Hugo decidió que era un gesto aprendido de Eleanor. Al instante, sintió una extraña sensación parecida al dolor. Era imposible. No podía permitírselo.

—La niñera Marie dice que la señorita Andrews no va a regresar nunca.

Hugo esperó a que Geraldine continuara, pero la niña lo miró sin decir nada.

—No sé muy bien cómo la niñera Marie se ha aventurado a tomar decisiones acerca de las empleadas.

—Me gusta.

—¿La niñera Marie? Me temo que no sabría reconocerla.

—La señorita Andrews.

Geraldine contestó con tono tajante. Y ese era el problema. Hugo también echaba de menos a la señorita Andrews.

Le había contado a Eleanor cosas que no le había contado a nadie. Él esperaba que ella lo comprendiera, cuando nadie más lo había comprendido nunca. Sin embargo, ella lo había hecho. Además, le había entregado su virginidad. A él. Como si nunca hubiera pensado que Hugo el Terrible no era el adecuado para ese regalo.

Como si se hubiera sentido completamente a salvo con él. Algo que resultaba imposible.

Y si eso no era suficiente, Hugo no estaba seguro de que, aquella noche, ella fuera la más frágil de los dos. Había partes de su persona que ya no encajaban como antes.

–No la has despedido, ¿verdad? –preguntó Geraldine.

Hugo la miró. La niña entró en la habitación, se acercó a la chimenea y colocó las manos en sus caderas antes de mirarlo como si no le importara nada en el mundo.

Durante los tres años que habían pasado desde la muerte de Isobel y Torquil él se había mantenido a distancia de la pequeña. Había cubierto todas sus necesidades, pero siempre de manera que no pudiera herirla.

Hugo estaba convencido de que eso era lo único que podía hacer. Daño.

Por supuesto, no se había permitido encariñarse con Geraldine. Ni con nadie.

Sin embargo, solo podía pensar en Eleanor. En su adorable rostro y en la manera en que había defendido a Geraldine. «No es culpa suya», había dicho ella.

Y Hugo lo sabía. Había hecho todo lo posible para asegurarse de no mostrar nunca lo que sentía hacia Isobel delante de Geraldine. Y no se le había ocurrido que hasta que conoció a Eleanor, no había permitido que sus sentimientos se entrometieran en algo.

Sentía aprecio por aquella niña. Le gustaba que no fuera temerosa. Que con tan solo siete años no dudara en entrar en su biblioteca para enfrentarse a él. Y cuanto más la miraba, menos parecía importarle a ella. Alzando la barbilla, la niña suspiró con impaciencia.

Era una luchadora. ¿Cómo no iba a adorarla por ello?

Especialmente cuando él había dejado de luchar hacía mucho tiempo.

—Si la hubiera despedido habría sido mi decisión, y no tendría que consultarte, Geraldine —la reprobó Hugo. Al ver que se ponía tensa, añadió—: No la he despedido.

Con el dedo, señaló la butaca que estaba frente a la suya. Geraldine obedeció y se sentó con los brazos cruzados.

—Si no te has deshecho de ella, ¿dónde está? —le preguntó Geraldine, como si lo hubiera pillado en una mentira.

—Estoy seguro de que la señorita Andrews te ha dicho que iba a tomarse unos días de vacaciones. No podemos encerrarla en una caja y obligarla a quedarse aquí todo el tiempo.

La idea le resultaba atractiva.

—¿Y por qué no? —preguntó la niña.

—Una pregunta excelente.

—Deberíamos ir a buscarla —dijo Geraldine, gesticulando con la mano como si Hugo fuera idiota por no haberlo pensado.

Hugo la admiraba. Geraldine no había cumplido diez años todavía y mostraba más capacidad de lucha que la que había mostrado él en los últimos quince años. Él nunca había librado las batallas que pensaba que no podría ganar. Sin embargo, era la única referencia que tenía la niña y ella se mostraba indignada y, si él no se equivocaba, llena de amor.

Amor.

De pronto, lo comprendió. Una vez más, era una batalla que no podría ganar, pero en esa ocasión sí pensaba librarla.

—Sí —dijo él, sonriendo a Geraldine hasta que ella le correspondió con otra sonrisa.

Estaban juntos en aquella misión.

—Deberíamos ir a buscarla. Es una idea excelente.

Capítulo 13

REGRESAR a Londres fue como recibir una bofetada de realidad, pero no le quedaba más remedio que sonreír y aguantar.

Eleanor apretó los dientes y se puso a limpiar el desastre que había hecho Vivi.

No el gran desastre, por supuesto. No el desastre que la hacía sentir muy mal, pequeña y avergonzada. O por el que se ponía a temblar cada vez que veía el *Daily Mail* en un quiosco. No, ese desastre no tenía solución. Vivi había vendido la historia de Eleanor como si fuera la suya y aseguraba, orgullosa, que volvería a hacerlo. Decía que era por el bien de las dos, pero Eleanor pensaba de otra manera. Daba igual. Ya estaba hecho.

Y para Hugo, Eleanor no era más que otra cicatriz para añadir a su colección. Otra mentira.

Eleanor decidió concentrarse en las cosas que sí podía solucionar.

Habló con la casera y le explicó la situación lo mejor que pudo, tratando de que no se enfadara demasiado ya que Vivi todavía no había recibido el dinero que le habían prometido. Después, lo limpió todo. Las ventanas, los platos, los cubiertos, las tazas de té.

Limpió todo el apartamento como si fuera una penitencia, pero nada de eso hizo que se sintiera mejor.

Eleanor sospechaba que no llegaría a recuperarse nunca. No importaba cómo había llegado a traicionar a Hugo. La realidad era que lo había traicionado, y ni siquiera había tenido la decencia de mirarlo a los ojos y decirle que lo había hecho.

Ni siquiera le había dicho adiós.

Se había marchado al anochecer, con su maleta y su hermana, como si fuera una ladrona.

Esa era la parte con la que creía que no podría vivir. La que provocaba que se le formara un nudo en el estómago.

—Estás siendo un poco dramática, ¿no crees? —le preguntó Vivi una tarde.

Tal y como solía hablarle en la vida anterior, antes de que conociera a Hugo Grovesmoor y no pudiera ni imaginarse cómo él le cambiaría la vida.

Eleanor miró a su hermana por encima de la pila de ropa que tenía que arreglar. Los pantalones de Vivi. Las faldas de Vivi. La ropa cara que su hermana ni se molestaba en tratar con cuidado.

—¿Mientras me dedico a arreglarte la ropa? —preguntó Eleanor—. No sabía que se podía ser teatrera mientras se cose.

Vivi se levantó de delante de la televisión donde había estado siguiendo los ejercicios de un entrenador famoso.

–Todo el mundo está obsesionado con este entrenamiento.

Eleanor no dijo nada.

Vivi se sentó en el sofá y Eleanor se volvió para mirarla.

–Sé que crees que me odias –dijo Vivi–. Lo comprendo. E incluso lo acepto. No tienes ninguna experiencia con estas cosas.

–Si te refieres a inventar historias y venderlas al mejor postor, pues no, no tengo experiencia.

–Me refiero a Hugo. A los hombres.

Eleanor centró la atención en la blusa que estaba intentando arreglar.

–Creo que esta noche prefiero saltarme la conversación sobre la *pobre Eleanor*. Si hay algo peor que la historia que has inventado es tu lástima.

–No te tengo lastima, Eleanor –dijo Vivi–. Te envidio. Creo que nunca he sido empática o ingenua. Ni siquiera cuando llorabas por mí en el hospital y yo no

Eleanor hizo una pausa y se volvió para mirar a su hermana.

–Vivi. Por favor, dime que no me vas a echar la charla.

–Pasaste la noche con Hugo Grovesmoor. Creo que hablar de sexo a estas alturas sería una pérdida de tiempo, ¿no crees?

–No quiero hablar de Hugo.

–Sé que no vas a creerme –Vivi colocó la mano sobre la pierna de su hermana–. Sé que soy demasiado egoísta y que doy por hecho muchas cosas y todo eso. Es cierto, pero eso no significa que no te quiera, Eleanor. Y me gustaría protegerte.

–¿Es eso lo que estás haciendo Vivi? ¿Estás segura?

Vivi suspiró antes de contestar.

–Está bien. No puedo negar que reaccioné muy mal cuando llegué a Groves House. Supongo que todo me pilló por sorpresa.

–Estabas celosa –Eleanor miró a su hermana a los ojos.

Vivi se encogió de hombros.

–No sé lo que era. He trabajado duro durante años. He aguantado gente que tu no aguantarías ni durante una simple conversación. Pensaba que tú estabas en el mismo papel. Y de pronto, me di cuenta de que todo lo que estaba haciendo sobraba y no supe manejarlo –negó con la cabeza–. Lo siento por no ser tan perfecta como tú.

–Eso no es justo.

–Podías haberme dicho que él te gustaba mucho, Eleanor.

–No creo que me hubieras escuchado.

Vivi negó con la cabeza.

–Por supuesto que te habría escuchado. Eres mi hermana. Estamos solas en el mundo, ¿recuerdas?

–Lo recuerdo –susurró Eleanor–. Por supuesto que lo recuerdo.

Permanecieron en silencio unos instantes y Eleanor notó que algo cambiaba en su interior. Ese peso que sentía en el corazón disminuyó una pizca.

–Esto es de lo que quería hablarte, aunque te

haga sonrojar –dijo Vivi–. No sabes nada acerca de los hombres como Hugo, Eleanor. Yo sí.

–Tenía la sensación de que no había más hombres como Hugo.

Eleanor sabía que eso era cierto en cuanto a ella. Y quizá para el resto del mundo, teniendo en cuenta la manera en que hablaban de él, como si hubiera acorralado a todo el mundo y hubiera abusado de ellos.

–Todos los hombres son bastante parecidos –continuó Vivi–. Están dispuestos a tomar todo lo que desean. Da igual lo que sea.

Eleanor deseaba decirle a Vivi que se equivocaba. Que no conocía a Hugo... Aunque la realidad era que ella tampoco. Había vivido en su casa. Habían tenido una aventura y ella le había entregado su virginidad, pero, aunque todo ello significara mucho para ella, para Hugo no era más que algo normal.

Eleanor creía que él no era el monstruo que mostraban en los periódicos, pero tampoco era un monje. Notó que se le llenaban los ojos de lágrimas, agachó la cabeza y pestañeó.

–Me siento idiota.

–No conozco a ninguna mujer que no cayera a los pies de Hugo Grovesmoor –comentó Vivi–. Es muy atractivo, y todo el mundo sabe que es apasionado en la cama. No tenías otra oportunidad.

Eleanor no quería hablar de ello porque, entre otras cosas, temía desmoronarse.

–¿Y ahora qué? –preguntó Eleanor–. ¿Qué se supone que debo hacer con todo esto? –gesticuló con la mano para señalar su corazón.

Vivi se rio y Eleanor se sorprendió de cómo agradecía el sonido de su risa.

–Yo te puedo ayudar –Vivi se puso en pie y le tendió la mano–. Vamos. La noche es joven y hay miles de problemas en los que podemos meternos.

–Oh, no –dijo Eleanor frunciendo el ceño–. No quiero problemas. Yo...

–No tienes que acostarte pronto para ir a trabajar. No tienes nada que hacer por la mañana.

–Bueno...

–Y a no ser que me equivoque, tienes algo de mujer de vida alegre. Acabas de salir de una aventura amorosa con el hombre más odiado de Inglaterra.

–Es miércoles –dijo Eleanor, escandalizada.

–¡Ay, tengo tanto que enseñarte!

Y así fue como Eleanor se encontró en una de esas discotecas en las que su hermana pasaba tanto tiempo, vestida con uno de esos conjuntos ridículos que Vivi tenía en el armario.

–Te dije que te quedaría muy bien –le había dicho con satisfacción cuando se lo probó–. Es como de Cenicienta.

–Si Cenicienta era una mujer atrevida.

Eleanor se pasó una vez más las manos por el vestido ceñido que marcaba todas las curvas de su cuerpo, haciéndola parecer más voluptuosa. Solo había una persona que podía hacerla sentir bella con...

No tenía sentido pensar en Hugo. Cuanto antes lo aceptara, mejor. Él no habría estado dispuesto a aguantar a una mujer virgen y sentimental durante mucho tiempo. Eso era lo que debía recordar, sin embargo, no la ayudaba a sentirse mejor.

—No hay nada malo en ser atrevida —la regañó Vivi—. Todo depende de la calidad de la masa, te lo prometo.

Eleanor no sabía a qué se refería. O más bien decidió no captar la indirecta de su hermana. Lo que sí supo nada más entrar en la discoteca fue que era demasiado mayor para estar allí. Quizá no por edad, pero no tenía nada que ver con aquellas resplandecientes criaturas que bailaban enloquecidas, bebían sin parar y no parecían ni siquiera imaginar que fuera de allí existía un mundo donde la gente ya estaba arropada en su cama, esperando que llegara la mañana siguiente.

No obstante, en cuanto aceptó que no estaba hecha para beber sin límite, ni para saltar en la pista como hacía Vivi, consiguió disfrutar de la experiencia. Había demasiado ruido como para pensar en Hugo. Estaba demasiado oscuro para pensar en ella misma y en lo que iba a hacer con su vida. Solo podía sonreír y tratar de esquivar a los hombres que se acercaban para hablar con ella.

Quizá eso de pasar unas horas en la ciudad era lo que necesitaba para recuperarse y decidió dejar que acabara la noche.

Eran casi las tres de la madrugada cuando Vivi comenzó a despedirse de sus amigas y de sus correspondientes dramas. Eleanor estaba bastante satisfecha de haber conseguido mantener los ojos abiertos toda la noche, aunque no estaba segura de si estaba dormida o despierta. En realidad, no le importaba mucho.

Vivi dijo que iba a llamar un taxi por teléfono, pero no paraba de charlar sobre sus amigas, pero Eleanor no le prestaba atención. Por fin Vivi hizo la llamada y salieron de la discoteca.

Eleanor sentía que Londres ya no le interesaba y no sabía lo que debía hacer. El único lugar en que se había sentido verdaderamente a gusto era Yorkshire, pero allí no podía regresar.

—No puedo imaginarme lo que cree que está haciendo aquí, señorita Andrews.

Eleanor se quedó helada. Aquella voz solo estaba en su cabeza. No podía ser de otra manera. Sin embargo, continuaba oyéndola.

—Un papel muy apropiado para una chica bien. La institutriz de un duque no puede estar vagando por las calles de Londres a estas horas. ¿Qué van a decir los periódicos?

No podía ser real. Debía estar imaginándoselo. Eleanor no reaccionó, pero Vivi sí. Se quedó paralizada junto a su hermana.

Entonces, Eleanor se permitió creer lo que veía.

Hugo estaba allí.

Capítulo 14

POR SUPUESTO, era Hugo.

Estaba de pie junto a un coche deportivo, elegante, caro y tan atractivo como él. Ambos parecían despedir la misma luz de peligro.

Eleanor había soñado con aquello miles de veces desde que se había marchado de Groves House. Esa noche, su sueño se había hecho realidad y Eleanor no sabía qué decir.

–Hugo... –susurró.

El duque se separó del coche y la miró. Su aspecto era elegante y peligroso al mismo tiempo. Su mirada, demasiado oscura y ardiente como para soportarla. Y estaba centrada en Eleanor como si fuera la única persona de los alrededores.

Durante unos instantes, ella pensó que era así.

Entonces, Vivi se aclaró la garganta y Eleanor volvió a la realidad.

–Estoy segura de que debes estar muy enfadado –comenzó a decir Vivi.

–Yo no me enfado –dijo Hugo, y su voz provocó que Eleanor se derritiera por dentro–. ¿Qué significa para mí que salga otro escándalo en los periódicos? Una mentira sin final. ¿Una vida destrozada por mí solo por aparecer en bañador en una playa de Ibiza, agarrado del brazo de una estrella de cine? ¿Quién podría seguirles la pista?

Era el cinismo que había en su voz lo que más afectaba a Eleanor. Era como un cuchillo clavado en su garganta.

Recordaba lo que había pasado en el dormitorio aquella noche. La mirada de su rostro atractivo, llena de esperanza y anhelos.

—Tú deberías hacerlo —dijo Eleanor. Pensó que su voz la delataba. Le estaba diciendo demasiado y eso la hacía más vulnerable, pero no le importaba—. Alguien debería hacerlo. Algún día podrías escribir todas las mentiras que se han dicho sobre ti y, no me sorprendería si recibieras disculpas.

Junto a ella, Vivi parecía tensa, pero no podía dedicarle ni una mirada.

—No seas tan ingenua —murmuró Hugo entre cínico y cansado, con un cierto tono de censura—. Las disculpas nunca llegan. Y menos cuando se demuestra que todo es mentira. A nadie le importa. A la gente lo que le gusta son las historias, y cuanto más rebuscadas y difamatorias, mejor.

Eleanor se colocó frente a Vivi. La tensión que había en el ambiente era demasiada.

—Ella no tiene la culpa. Trataba de cuidar de mí.

Hugo sonrió con superioridad y Eleanor se encogió.

—Claro, porque soy el lobo malo —comentó él—. Abuso de las doncellas cuando tienen la mala suerte de cruzarse en mi camino. Vivo en mi cueva de

Yorkshire y me limpio los dientes con lo huesos de mis enemigos.

—Como parece que te divierte tanto hablar así de ti mismo es difícil imaginarse otra cosa.

—Yo no lo siento —dijo Vivi detrás de Eleanor—. Todo el mundo sabe cómo eres. Si has venido a presionarnos, o a dificultarnos la vida por lo de la historia, has de saber que soy perfectamente capaz de cuidar de Eleanor igual que de mí misma.

—¿Ah, sí? Deja que adivine. Tú sonreirás y Eleanor fruncirá el ceño. Y toda la ciudad de Londres y los malvados como yo caerán a tus pies. Solo tendrás que chasquear los dedos.

Hugo no esperó respuesta. Levantó la mano y un taxi se detuvo frente a él. Abrió la puerta del pasajero e hizo una reverencia.

—Su carroza está esperando —comentó.

Eleanor pestañeó. Era ridículo que Hugo hubiera aparecido a las tres de la mañana solo para pedirles un taxi. Quizá Vivi tuviera razón y los hombres eran así de raros y ella debía aceptarlo. Enderezó la espalda y se dirigió al taxi.

—Tú no —dijo Hugo y la agarró del brazo—. Tú te vienes conmigo.

Vivi se detuvo junto a su hermana.

—Oh, no, no lo hará. No vayas detrás de la más débil. Si quieres pelear, pelea conmigo.

Eleanor permaneció inmóvil. Ya era de madrugada, la fiera de su hermana estaba detrás de ella, y delante de las dos, aquel hombre tan atractivo, tan enloquecedor y tan decidido.

Era como si toda su vida dependiera de ese momento. ¿Debía volver a lo que ya conocía y permitir que Vivi hiciera lo que quisiera como siempre
había hecho? ¿De la misma manera que había ac-
tuado al irse de Yorkshire, sin decirle ni una palabra
a Hugo?¿O debía avanzar hacia lo desconocido?

Si no lo intentaba, no podría vivir consigo misma.

Por un lado, deseaba esperar y ver qué pasaba.
Quería ver a quién elegía Hugo. Ambas iban vesti-
das acorde a la noche que habían pasado, sin embargo, Vivi resultaba mucho más atractiva. Quería
ver si realmente él era el único hombre que la deseaba a ella y no a su hermana.

Estaba cansada de que todo el mundo tomara
decisiones en su nombre, aunque fuera con buena
intención.

Quizá había llegado el momento de que Eleanor
tomara su propia decisión.

—Está bien —dijo, mirando a Hugo, pero apre-
tando la mano de su hermana—. Puedes marcharte,
Vivi. De veras.

—Pero...

—Vete —le aseguró ella—. Te veré en casa.

Vivi le apretó la mano, se metió en el taxi y cerró
la puerta. Cuando el taxi arrancó, Eleanor se quedó
de pie junto al hombre al que pensaba que no volvería a ver.

—Eleanor, pequeña —Hugo negó con la cabeza y
ella sintió que una ola de calor que la invadía por
dentro. Era como si él la hubiera prendido con una

cerilla. Y, de pronto, sus zapatos de tacón alto parecían mucho más inestables–. ¿Cómo te has vestido?

–En comparación con la mayor parte de las chicas que he visto hoy, parece que llevo un traje de abuela y una armadura.

–Una armadura sería un buen comienzo.

–Llevo un vestido precioso, gracias –comentó Eleanor, y se contuvo para no estirar de la falda hacia abajo–. Si estuviera trabajando llevaría algo más adecuado.

–Tu pelo.

Su tono de voz provocó que a Eleanor se le cortara la respiración. Él estiró la mano y entrelazó los dedos entre la masa de pelo oscura que Vivi le había ondulado.

–Odio tu cabello recogido, Eleanor. ¿Te lo he dicho alguna vez?

–Está bien que no sea una decisión que no dependa de ti ¿no?

–¿Estás segura de que no depende de mí?

Hugo se acercó un poco más, pero Eleanor solo podía sentir lo que quedaba entre ellos. La historia de los periódicos. La inocencia de Eleanor. Geraldine. O el hecho de que se había enamorado de él como en una historia acerca de una mujer virgen que no había sido capaz de proteger su corazón. Demasiadas cosas que soportar.

Hugo se acercó a su lado como si no pudiera mantenerse alejado de ella. Eleanor dejó de pensar en otra cosa que no fuera en él y en la media sonrisa con la que la miraba.

—Quizá no lo has oído nunca. Mis deseos son órdenes. O casi.

Hugo le cubrió el rostro con las manos y la miró fijamente. Ella se estremeció.

—Los periódicos... —susurró—. Hugo, lo siento de verdad. No sé cómo voy a poder reparar el daño.

—No me importan los periódicos.

Eleanor lo miró frunciendo el ceño.

—Pues, debería. No está bien que digan todas esas mentiras sobre ti. Deberías enfrentarte y...

—Esa es la cuestión. En este caso, los periódicos dicen la verdad. Me he aprovechado de ti. Trabajabas para mí y no debería haberte tocado, pero lo hice...

—Quería que lo hicieras.

—No te pedí perdón.

Entonces, la miró de una manera que Eleanor recordaba haber visto antes, aunque no recordaba dónde. De pronto, lo recordó. Había sido aquella noche en la que ambos se encerraron en su dormitorio, cuando nada se interponía entre ellos. Él se había colocado sobre su cuerpo, la había penetrado y la había mirado de esa misma manera.

Eleanor notó que se le aceleraba el corazón.

—Me había olvidado de cómo pelear —dijo Hugo—. Al principio, no me importaba. Después, sí, pero pensé que había elegido el mejor camino. Luego me di cuenta de que ese camino se había convertido en un acto de autoinmolación. Nunca se me ocurrió que las llamas podían acabar con todo. Ni que mi padre se quemaría.

–No fue culpa tuya –dijo ella–. Eso fue algo que te han hecho. No deberías flagelarte por las cosas que hiciste para sobrevivir.

–Soy un hombre egoísta, pequeña. Quiero creerte porque me parece conveniente, no porque crea que es verdad.

–No eres un monstruo –dijo ella, apuntándole en el pecho con el dedo–. Si hay algún monstruo, era Isobel.

–Creo que estás consiguiendo liberarme –dijo Hugo–. Y eso me gusta de ti. La verdad es que he sido insensible. Habría podido hacer ciertas cosas desde un principio para evitar todo esto con Isobel, pero no lo hice. Sospecho que también le hice daño a ella.

–Eso no es excusa

–Es una explicación.

Hugo respiró hondo. Eleanor comenzó a decir algo más, pero él se rio.

–Tienes que dejar de defenderme, Eleanor. Intento decirte algo de lo que debería haberme dado cuenta antes. Te quiero.

Eleanor se quedó paralizada. Sintió un frío intenso. Y después, un fuerte calor.

Pensaba que podía ser fiebre.

O posiblemente, felicidad.

–Sí –dijo Hugo, como si conociera hasta el último rincón de su alma insegura–. A ti –la miraba con curiosidad y a Eleanor le dio la sensación de que le temblaban las manos cuando le acarició el cabello y, después, las colocó sobre su cuello–. Estaba demasiado ocupado pensando en mí mismo, viviendo como un dragón en una cueva y escupiendo fuego a todo aquel que se atrevía a acercarse. Sin embargo, tú no viste al dragón. No viste al duque. Viste a un hombre. Un hombre exasperante, si no recuerdo mal.

—Seguro que no, Excelencia —susurró ella.

—Me trataste como a una persona, como nada más, a pesar de que habías leído los mismos periódicos que el resto. Acogiste a mi pupila y la defendiste. De hecho, le diste prioridad.

—Ese era mi trabajo.

—Te sorprendería ver cómo algunas institutrices ni la tenían en consideración. Tú has conseguido que una niña perdida se encontrara, Eleanor. Y que un hombre perdido se sintiera pleno. Durante unas pocas semanas y una larga noche, me olvidé por completo de que debía ser el hombre del saco.

Eleanor negó con la cabeza con los ojos llenos de lágrimas.

—No tenía ni idea de que Vivi iba a hacer eso, Hugo. Has de creerme.

—Nunca había luchado —dijo él—. Nunca me defendí, pero no permitiré que esos canallas te arrastren a ti. Ya he hablado con mis abogados. Soy el Duque de Grovesmoor y no voy a volver a esconderme.

—Hugo...

—Y lo más importante... Te quiero —se rio de verdad y su alegría inundó el ambiente de tal manera que Eleanor se olvidó de que estaban en medio de la noche–. Nada me había hecho luchar, porque nunca quise a Isobel. Era una molestia, pero nunca me hizo daño. Solo me di cuenta de cuánto quería a mi padre después de su muerte. Me esforcé en fingir que no me importaba mi amigo, ni que hubiera elegido a Isobel y no a mí. Y decidí que no me iba a encariñar con esa niña que Isobel dejó a mi cuidado. Y lo cierto es, que estaba bien.

Eleanor no se percató de que las lágrimas habían comenzado a rodar por sus mejillas hasta que Hugo se las secó. Era incapaz de decir nada. Incapaz de hacer nada más aparte de permanecer ahí, resplandeciente y optimista.

Sin embargo, Hugo seguía hablando.

–Entonces, apareciste tú. Caminaste hacia mi casa con ese ridículo abrigo y lo estropeaste todo, de la mejor manera posible.

Eleanor le acarició el torso y lo miró.

–¿Qué le pasaba a mi abrigo? Es muy calentito, Hugo.

Hugo se rio de nuevo, la tomó en brazos y la giró una y otra vez como si no pesara nada. Así era como la hacía sentir también cuando tenía los pies en el suelo.

–No sé cómo ser otra cosa que el monstruo favorito de todo el mundo –dijo él, cuando la dejó de nuevo en el suelo y la abrazó–. Pero quiero intentarlo, quiero verte fruncirme el ceño el resto de mi vida. Quiero oír tus comentarios, Eleanor. Lo quiero todo.

–Te quiero desde el primer momento en que te vi

subido a ese horrible caballo –dijo ella, sonriendo mientras las lágrimas de alegría caían libremente.

–Todo –repitió, como si ella no lo hubiera escuchado–. Un anillo en tu dedo, y mis hijos en tu vientre. Después, ¿quién sabe? Podemos comernos el mundo. Estoy seguro de que, si te lo propones, podrías derribar un ejército en unas semanas. Eso es lo que has hecho conmigo.

–No quiero hacer nada a menos que Geraldine esté bien. Esa pobre niña no debe volver a sentirse abandonada.

–Geraldine nunca volverá a ser abandonada –le prometió Hugo–. Ella y yo nos hemos entendido –se inclinó para besarla en la boca–. Ninguno puede vivir en esa gran casa sin ti, Eleanor. Te necesitamos. Yo te necesito.

–Excelencia –susurró Eleanor, y abrazó al hombre que nunca sería un monstruo para ella–, ya sabe que sus deseos son órdenes para mí.

Él la besó en esa calle desierta, bajo la luz de las estrellas y juntos se adentraron en la eternidad.

Entonces, juntos, encontraron el camino a casa.

Hugo se casó con la institutriz en primavera, cuando Groves House estaba llena de flores y vida. Geraldine asistió como madrina de Hugo, algo apropiado por numerosas razones. Vivi fue la dama de honor de Eleanor. Hugo estaba sorprendido de cómo había cambiado. La nueva Vivi ya no tenía que preocuparse por encontrar un buen marido tal y como habían planeado las hermanas años atrás.

–Era un plan terrible –había dicho Hugo cuando se lo contaron durante las primeras navidades–. El peor que había oído nunca.

Eran las mejores navidades que Hugo había pasado nunca.

–Es un plan que servía para cambiar las circunstancias de las mujeres pobres desde hace miles de años –había contestado Eleanor.

–Tiene bastantes inconvenientes. El hombre rico sabe perfectamente por qué se han casado con él, y hará que paguen por ello.

–Siempre hay algún tipo de recompensa –dijo Vivi–. Así es la vida.

Eleanor y Hugo se miraron y no dijeron nada ante el comentario cínico de Vivi.

Más tarde, cuando se encontraban a solas en los aposentos que ocupaban desde que habían regresado de Londres y desde que Hugo le había colocado a Eleanor la esmeralda de la familia Grovesmoor en el dedo, ella se colocó sobre su regazo y sonrió.

–¿Esto es parte de mi manera de recompensarte? –preguntó con malicia.

–Por supuesto –Hugo le acarició la cadera–. Insisto en que ciertos favores sexuales deberían detallarse en el contrato de matrimonio.

–Solo tengo una condición –había dicho Eleanor, mientras él le acariciaba los senos.

–Dímela.

–Ámame –le exigió–. Para siempre.

El día de su boda, Hugo descubrió que era muy fácil hacerle esa promesa. Tan fácil que incluso se rio de todo lo que decían sobre él los periódicos. Tan fácil que incluso le parecía divertido ver como Vivi trataba de adaptarse al hecho de que su hermana se hubiese casado con un duque y ella tuviera que enfrentarse al mundo real.

–Lo conseguirá –había asegurado Eleanor mientras bailaban agarrados en mitad del salón donde todo había cambiado durante el otoño. Esa noche iba vestida de blanco y llevaba su anillo en el dedo, pero él todavía la recordaba descalza y con la melena suelta.

El tiempo lo cambiaba todo. Vivi había tardado un año en sentirse tranquila cuando él estaba delante. Después, otro en sentirse realmente cómoda en su nuevo rol, el de mujer adinerada con un cuñado poderoso.

–Es sorprendente la de gente con la que quería hablar cuando era pobre –Hugo oyó que Vivi le comentaba a Eleanor un fin de semana que habían ido al viñedo que él poseía en Francia–. Y lo poco que me gustan ahora que son ellos los que me persiguen.

–Imagino –contestó Eleanor con una risita–. Ahora puedes pasar tiempo con la gente que te cae bien de veras.

Hugo se dio cuenta de que él también.

Había dejado de prestarle atención a los periódicos. Había retomado amistades perdidas, agradeciendo que aquellos que lo conocían de verdad nunca habían creído las historias que habían publicado sobre él. Y había permitido que su esposa lo guiara fuera de la amargura, con su fuerte determinación.

En menos de un mes conoció el nombre de todas las empleadas de la casa. Continuó dándole clases a Geraldine porque quería. Enseguida hizo amistades en la zona. Se encargó de algunos aspectos de la finca, e incluso consiguió una buena relación con la señora Redding.

—Me ha contado por qué no confiaba en mí —dijo Eleanor riéndose, mientras estaban abrazados en la cama—. Dice que las mujeres solo pensaban en sí mismas cuando permanecían a tu lado. Y que, por supuesto, esperaba que no vaciara los cofres de la familia, te pidiera el divorcio e intentara llevarme lo que no es mío.

—Podrías hacerlo. No hemos hecho acuerdo prematrimonial. Tienes toda la fortuna de los Grovesmoor en tus manos, pequeña.

Eleanor lo besó en el torso y él notó que el amor se apoderaba de él.

—No es la fortuna lo que quiero controlar. Solo al duque.

—Es una causa perdida —dijo él, riéndose.

—No, no lo es. Y nunca lo fue.

Y cuánto más tiempo pasaba, más se lo creía Hugo. Isobel había contado muchas mentiras. Torquil quizá se las había creído, pero ambos habían pagado un alto precio por ello.

Hugo no necesitaba pagarlo también.

Y no permitiría que Geraldine pagara un solo centavo.

Tenía nueve años cuando leyó los periódicos que ellos le había ocultado todo ese tiempo.

—¿Es cierto que te quedaste conmigo solo para vengarte de mi madre? —preguntó ella muy seria.

—¿Cómo habría sido eso? —preguntó Hugo.

Eleanor y él estaban leyendo en la biblioteca, y él se fijó que Eleanor estaba muy quieta, permitiendo que fuera la niña la que le preguntara directamente.

—Supongo que podría haberte encerrado en un armario. ¿Bajo la escalera, quizá? —añadió Hugo.

—¿Me odias? —le había preguntado Geraldine, mirándolo a los ojos.

Y ahí es cuando él se dio cuenta de que Eleanor lo había hecho cambiar. Ella le había mostrado lo que era el amor. Y él disfrutaba de ello cada día.

Estiró el brazo y sentó a la pequeña sobre su regazo.

—Eres mi pupila por ley —le dijo—, pero, Geraldine, por lo que a mí respecta siempre has sido mi hija.

La pequeña se acurrucó contra él. Hugo vio que Eleanor sonreía a la vez que se secaba las lágrimas.

Una noche de verano, un año más tarde, Geraldine entró en la biblioteca caminando de manera desgarbada.

–Estoy seguro de que te he pedido que llames antes de entrar –le dijo Hugo, que estaba contemplando a su esposa mientras leía concentrada. Eleanor había decidido estudiar en la universidad y tenía mucho que leer.

Hugo no estaba seguro de si era posible amarla todavía más.

Geraldine lo miró a los ojos.

–Toc, toc –bromeó.

–Muy simpática –murmuró Hugo.

–He estado pensando y he tomado una decisión –dijo Geraldine.

–¿Has cambiado de opinión sobre la escuela? –preguntó Eleanor.

–Todavía quiero ir –contestó Geraldine–. Será divertido estar interna y venir a casa de vez en cuando. Pero vosotros estaréis muy solos sin mí.

–Sin duda –dijo Hugo.

–Estoy segura –contestó Eleanor.

–Bueno, pues ya se lo que tenéis que hacer –dijo Geraldine con una sonrisa–. Tenéis que tener un bebé cuanto antes.

Hugo nunca llegó a saber cómo Eleanor y él consiguieron no reírse al oír aquello, pero no lo hicieron. Le dieron las gracias a Geraldine, y cuando ella se marchó de nuevo al jardín, se rieron a carcajadas.

Y la obedecieron.

Diez meses más tarde el duque estaba encantado sosteniendo a su primer hijo varón. Y su heredero. Aunque quizá no tan encantado como Geraldine, que estaba segura de que había sido ella quien lo había planeado.

Y como Eleanor nunca hacía una cosa si podía hacer tres, el futuro duque de Grovesmoor se encontró con un hermanito y una hermanita muy poco tiempo después.

–Mira –dijo Eleanor mientras caminaban por el pueblo una tarde de otoño–. Apenas reconozco al hombre que sale en los titulares.

Hugo miró el periódico del quiosco y vio su rostro, pero no se molestó en leer lo que decían de él. Agarró la mano de su esposa y la besó. Sus hijos corrían persiguiendo a Geraldine, su hermana mayor, y él sostenía a su hija pequeña contra su pecho.

–Ay, pequeña. No creo en los fantasmas.

Su familia estaba completa. Su corazón, pleno.

Eleanor lo miró como si él fuera el hombre del que ella siempre se había sentido orgullosa, y Hugo creyó que así era.

Y lo sería, siempre y cuando estuvieran juntos... que sería durante el resto de la vida, y mucho después, si él tenía algo que decir al respecto.

Después de todo, era el Duque de Grovesmoor.